バリバリのハト派

女子供カルチャー反戦論

荷宮和子

晶文社

装幀　岩瀬聡
装画　平澤貴也

バリバリのハト派　目次

はじめに／女子供文化は「差別」と「戦争」を許さない――9

第1部　「女子供文化」の衰退が日本を「戦争」へと駆り立てる

『ベルサイユのばら』は「自由と平等と博愛」をあきらめない――18
「公務で応戦、罪は個人」――33
無知で傲慢で（潔癖主義で）屈託が無くて無神経なマジョリティ――38
「強きを助け弱きをくじく」日本のマジョリティ――44
「悪口の流行」――65
「皆と同じはイヤだけど皆と違うのはもっとイヤ！」――71
「知らない方が偉い」!?――76
「決まっちゃったことはしょうがない」!?――81
「2ちゃんねる的なるものとは何か」――92
なぜ「二択」しか出来ないのか――108
「三代目は身上を潰す」――115

「生きる気力の劣化」——120
「気分はもう改憲」——125

第2部　私が愛した「女子供文化」

『スサノオ』を上演することによって宝塚歌劇団は
「日本軍の海外派兵・武力行使＝アメリカ軍による侵略戦争への加担」を
否定しない劇団に成り下がった——132
「人は恋煩いで死ねる！」と主張し続ける
宝塚歌劇団のベテラン座付き作家・柴田侑宏の作品にこそ
「宝塚の香気」は宿る——166
「反戦」を主張するアニメ脚本『(旧)サイボーグ009／
太平洋の亡霊』を書いた辻真先は
今なら「非国民」扱いされるはずである——183
「『ミナミの帝王』よりも『ナニワ金融道』の方が偉い」とされる
今の日本の漫画評論にはうんざりである——192

「シネマディクト＝映画狂」とは程遠い生き方をしてきたからこそわかる
「かつての日本映画の魅力」について語りたい――208
「田宮二郎＝顔が良くてガタイが良くてハジキの扱いがうまくて
関西弁をまくしたてる男」こそ「理想の映画スター」である――223
「池波正太郎的生活」＝「猫と散歩と買い物の日々」こそ
大人にふさわしい生き方である――243
池波正太郎のエッセイ＆現代小説には
「リリカル」な空気が満ちている――258
おわりに／ありがとう、小泉純一郎――268

はじめに／女子供文化は「差別」と「戦争」を許さない

メインにしてカウンターだがサブではない「女子供文化」

現在の私は、「女子供向けの作品」、すなわち、「どうせ、女子供を相手にしてるんだろ？」といった言い回しで見下されることの多い作品の美点を論評する機会が多い。

そのため、

「お好きな作品をモチーフに、サブカルチャー論を書いてください」

そんな依頼をされることがしばしばある。

「わかりました、締め切りと分量は？」といった話をしながら、実は内心では、（サブ、っていうのとはちょっと違うんだけどなあ……）と考えていることがままある。

自身が好ましく思い、だからこそ論じたいと思うジャンルを称するものとして、一番近い語句を挙げるならば、「サブカルチャー」というよりも、「大衆娯楽」ということになると思う。では、「大衆娯楽」とはなんぞや、と考えた場合、思い浮かぶのが、近所の古本屋で購入した「池波正太郎読本」の中にあった、こんなやりとりである。

長部日出雄「そのころ社会派の友達を、クレールの『巴里祭』に誘ったら、見終わったあとでかれ、『ああ、時間を損したなあ』って。」
池波正太郎「見ているあいだはその人、案外面白かったのかも知れない。」
長部「それで後ろめたい、罪深い感じになったのかも知れませんね。こんなに面白くていいのかな（笑）なんておもったりして……。」
池波「そういう感じは、いまの批評家にもあるんじゃないかしら。」
長部「あるかもしれませんね。」
池波「これを褒めたら、沽券にかかわると……。」
長部「あるいは、これを褒めなかったら沽券にかかわると。（中略）だけど、昔のプログラム・ピクチュアは、凡作でもどうしてあんなに面白かったんだろうね。寿司屋の娘がいて、それに惚れてる職人がいて、話は毎度おんなじなのに……。」

井上ひさし「ぼくが好きだったのは、結局そういう映画だったんですよ。もういちど『とんかつ大将』を見られるんだったら、一万円出してもいい（笑）。」

（「昔も今も映画ばかり」／『オール讀物』昭和五〇年一〇月号）

テレビで『とんかつ大将』（昭和二七年／松竹　脚本・演出川島雄三　出演佐野周二、津島恵子、角梨枝子）を見た日の夕方、この本を購入したところ、中にこの一文があったため仰天したわけだが、ともあれ、ここでキーワードとなっているのは、「こんなに面白くていいのかな」「これを褒めたら、沽券にかかわる」といった言葉である。こういったことを考えてしまう類の人間とは、すなわち、社会派だの批評家だのと呼ばれる、いわゆる「教養のある人達」のことである。いや、たとえ映画批評を生業にしていなくとも、「映画批評家並みに教養のある人間だと思われたい」、そんな風に感じている類の人達は、全て含まれると言ってよい。

では、なぜその種の人達は、「話は毎度おんなじの、いわゆるプログラム・ピクチュア」の類を毛嫌いするのだろうか。

なぜならば、この種の作品は、いわゆる「教養のない人間」であっても、人間でありさえすれば理解出来る、「低級な（と、彼らが信じている）感情」に基づいてお話が展開していくからである。

そんな類の作品に対して、「面白い」などといった感情を抱いてしまっては、自分という人間の値打ちが下がる。

要は、「映画批評家並みに教養のある人間だと思われたい」人達が、そういった気分を抱く作品、それがすなわち、「大衆娯楽」なわけである。

その意味では、サブカルチャーの世界もまた、「沽券に関わるか否か」という基準を軸に動いている面がある。サブカルチャーの作り手の間にも受け手の間にも、「世の中を斜に構えて見ているやつが偉い」、といった空気が流れているといえるからである。それゆえ私は、自身が好ましく思い、だからこそ論じたいと思うジャンルのことを「サブカルチャー」呼ばわりされると、ちょっと抵抗を覚えてしまうのである。

が、では「大衆娯楽」でいいじゃあないか、と言われると、それもまた「違う」と感じてしまうのである。なぜなら、少なからぬ「大衆娯楽」が、家父長制だの男尊女卑だの長幼の序だのといった、「保守的で旧態依然な価値観を是とする」世界の中で展開されていくのと異なり、自身が好ましく思い、だからこそ論じたいと思うジャンルは、たいてい「カウンター」な内容を備えたカルチャーであるからである。

そもそも、今から三〇年以上前の日本において、「女は人間であり、男女は平等である、ゆえに男尊女卑・女性蔑視は断固否定すべし」、などと主張するということは、十分にカウンターな出来事だったわけである。なればこそ、宝塚歌劇や少女漫画は、まさに「カウンター・カルチャー」と呼ぶにふさわしい内容のものだったわけである。

しかも、自身が好ましく思い、だからこそ論じたいと思うジャンルの作品の根底にある価値観とは、「差別は許せない」「戦争はイヤだ」「ナショナリズムなんか大嫌い」というものである。すなわち、人間としてきわめて「真っ当な価値観」に則って展開していく、という意味で、まさにそれらは、「メイン・カルチャー」と呼ばれるべき作品だったわけである。

それゆえ私は、「女子供文化」＝「メインでカウンターだがサブではない」と主張するのであり、そんな女子供文化を支援してやまないのである。

女子供文化は「差別」を許さない

大塚英志や斎藤貴男の著作を、私が好んで読む理由の一つに、彼等の文章からは、「この世の中に弱者が存在することに対して、生理的な嫌悪を抱いている」という、男性作家としては稀有な空気が感じられるからである。

しかもその空気は、「自分が差別されることが（あるいは、かつて差別されたことが）イヤだから」、という思いにのみ基づいて発せられている、というわけではない。

おそらく彼らは、自分のこととしてであれ、他者のこととしてであれ、この世の中に「弱者」というか、「被差別者」というか、要は、「損をする人」「バカを見る人」が存在するということ自体が、(理屈に則ってではなく)生理的にイヤなんだろうなあ、と思えるのだ。

が、現在の日本で、アカデミックな世界や堅苦しい活字の世界から、「新作」として発表されるものの中では、こういった価値観をストレートに表明したものは非常に少ない、というのが現状である。

が、女子供文化は違う。

たとえば、『少年サンデー』に連載されていた『かってに改蔵』(久米田康治)というギャグ漫画の中に、次のような台詞があった。

「天は人の上に人を作らず(と言ってる本人が、なんとなく上からものを言ってる)」

(久米田康治「今日はオレのおごりな!」/『かってに改蔵』二三巻/小学館)

まったく、その通りだと思う。こういった、少なからぬ人達が密かに思っているものの、なかなか口に出す機会がない「本音」を、さらっと表現してくれており、なおかつ、読みやすくて面白い、これこそ、コンビニでも気軽に立ち読み出来る、週刊少年漫画誌の魅力なのだと思う。

そして更に言えば、こういった「健全さ」こそ、女子供文化の魅力なのである。

女子供文化は「戦争」を否定する

菊田一夫　男というものはね、日本だけでなく民主主義国家の連中でも……日本は憲法以外は民主主義国家じゃないからね……みなどこかに好戦的なものを持っているが、女はどこの国の女でもおしなべて平和を願っていると思うのです。（中略）反戦主義とか軍国主義とかそんな堅苦しいことでなく、とにかく平和であって欲しいという人間共通の願い、ちょっと大きいかな、言うことが……（笑）。（中略）ところがね、書いているうちに、ともすればそういう勇ましいところに、つい力がはいって、張り切って勇ましく書きたくなる……男はいかんね（笑）。

（「ひめゆりの塔」座談会／『歌劇』昭和二八年七月号）

『君の名は』の作者で知られる菊田一夫のこの発言は、実にもっともな内容である。

が、こういった男の「困った本質」について、当の男がこんな風に「率直に」語る機会は滅多にない。

つまり、この発言であっても、読者の全てが宝塚歌劇のファンに限られており、そのほとんどが女性であるという、きわめて特殊な状況があったればこそ、菊田もまた、素直な本音を口に出し、編集側もそれをそのまま活字にすることが出来たのかもしれないのである。

これは、言い換えれば、その読者が宝塚歌劇のファンに限られているわけではなく、そのほとんどが女性であるというわけでもない、一般のマスなメディアにおいては、こういった「ミもフタもない」が、「本質をついた発言」には、滅多にお目にかかることが出来ないのでは、ということでもある。

なればこそ私は、女子供文化およびその周辺のメディアに注目するのである。

そこでこの本では、まずは第一部を「『女子供文化』の衰退が日本を『戦争』へと駆り立てる」として、昨今の日本の状況について論じていくことにし、続く第二部では、「私が愛した『女子供文化』」と題し、漫画や宝塚歌劇や映画の美点についてを述べていくことにしたいと思う。

第1部

「女子供文化」の衰退が日本を「戦争」へと駆り立てる

『ベルサイユのばら』は「自由と平等と博愛」をあきらめない

二〇〇四年の日本が失ったもの

二〇〇四年に入ってから読んだ本の中で、特に印象的だった一冊に、『平和と平等をあきらめない』（高橋哲哉・斎藤貴男／晶文社）がある。

まるで中学生の自由研究か、はたまた小学校の学級会のようなタイトルだが、そんな本を「大の大人」が本気で出さなければならなくなってしまった、今の日本の現実が、この本からは伝わってくる。

だが、考えてみれば、私はこの十年余、宝塚や少女漫画やテディベアを主題にした本を通して、「差別は許せない」「戦争はイヤだ」「ナショナリズムは嫌いだ」といったことを書き続けてきたのである。

が、最近の私は、差別や戦争や愛国心に反対することそのものを主題にした原稿や取材を、依頼されることが多くなった。つまり、宝塚や少女漫画やテディベア等のフィルターを通すことなく、私が昔から言い続けてきたこと、私が一番言いたいことを、ただそのまま言葉にしさえすればお金になる、そんな時代がやってきたのである。それを思えば、「いやあ、いい時代になったなあ」、といった感慨もわいてくる。

しかし、喜んでばかりもいられない。

「平和と平等をあきらめない」などというタイトルの本の企画が通り、それがそこそこ売れてしまうなど、決して健全な状況だとは言えないからである。

思えば、『ベルサイユのばら』が『週刊マーガレット』に連載され、少女漫画を好む女の子達の間でそこそこ話題になっていた当時、そしてその少し後、宝塚歌劇団によって上演され、日本中に「ベルばら」ブームが起きた当時、専ら話題となったのは、「男装の麗人」として設定されたオスカルという特異なキャラクターについてであり、そしてまた、オスカルとアンドレ、あるいはフェルゼンとアントワネット等、そこに描かれた愛の形について、だった。

フランス革命を背景にしたドラマに対して、「オスカルは、たとえ敬愛する王妃や貴族である家族と決別しようとも、王家側の軍勢と対決しようとも、自由と平等と博愛をあきらめなかった、だから素晴らしい！」式の賛辞が与えられることなどついぞなかったのである。なぜならば、当時の日本人にとっては、「たとえどんな生まれであっても、人間には『自由・平等・博愛』という精神の下で生きていく権利がある」という考え方は、ごくごく当り前のものだったからであり、当り前であるがゆえに、こういった価値観についてわざわざ声高に主張する必要などなかったからである。

オスカルの生きた時代には、これらの「生来の権利」は、戦わなければ手に入れることが出来ないものだった。

が、当時の日本人にとっては、これらの「生来の権利」は、まさしく「生来の権利」として認められ、既に手に入れていて当然のものだったため、「その獲得のドラマ」に対しては、さほど興味が持たれることはなかった。

結果、私たちはあくまでも「ベルばら」を、「まずはメロドラマとして楽しむ」ことが出来たのである。

「フェミ入ってるから好き」

とはいえ、少女漫画および宝塚歌劇の受け手のほとんどは女だったため、まだまだ「男尊女卑」が当り前だった当時、「ベルばら」は、「女性差別」というものを打ち破ろうとする「思い」の種を、当時の女の子達に植え付けた、とも言える。

宝塚歌劇化による昭和の「ベルばら」ブームが起きたのは、月組による初演の翌年の七五年、私が小学校六年生の時である。

原作漫画『ベルサイユのばら』（池田理代子）を『週刊マーガレット』連載中（小三～小四の時期だった）から読んでいたこと、そして阪急沿線に住んでいたことから、私もそのブームにもろにハマった。

今にして思えば、「男であれ女であれ人間は皆、自由・平等であるべき」と語った「ベルばら」を筆頭に、宝塚歌劇とは、当時の日本では珍しく、「女の人間としての尊厳」を描いたメディアだった。そのため、ある意味新鮮で、また心地もよかったため、まだ少女だった私は熱中したのである。そういったことを書き綴ったところ、拙著の読者から、「宝塚はフェミ入ってるから好き」という手紙をもらったこともある。

が、それは何も、「ベルばら」だけに限ったことではなかった。当時の少女漫画には、同様の気風があふれていたのである。

「最終的には、男も女も一緒に幸せになろうよ」

「ベルばら」よりも少し前には、『週刊セブンティーン』に連載されていた『おれは男だ!』（津雲むつみ）が森田健作主演でテレビドラマ化され、人気を集めていた。この作品は、「ウーマン・リブに目覚めた女子生徒」と「女子生徒の行き過ぎを苦々しく思う男子生徒」の対立と恋愛をコミカルに描いたもので、まだ小学生だった私にも、「ああ、これがウーマン・リブっていうものなんだ」ということを、具体的に、そしてわかりやすく見せてくれたのである。また、『おれは男だ!』は再放送も多かった。その頻度は、今思えば、関西人の私には、「まるで『じゃりんこチエ』並み」だったと感じられる。

もちろん、漫画やテレビドラマという娯楽作品なのだから、その描き方にはいささか戯画的な面が強かったとは思う。が、決して嘘はついていなかったはずである。また、「ブラジャーを燃やしてみせる」といった行動を、子供でも見ることの出来るメディアで見せてくれた、という功績は大きい。

女ならば誰でもが感じていた、感じて当然だった「不平・不満」を、「ウーマン・リブ」という手法によって誇示してみせることによっておきるドタバタを通じ、剣道部の男子部キャプテンと女子部のキャプテンである主人公達は、ますます互いの気持ちを強め合っていく、というのが基本パターンだった。

しかも、女性向け作品として当然のことではあるが、『おれは男だ！』では、ウーマン・リブは「悪しき思想」として描かれていたわけではない、という点が重要である。

「言ってることはもっともだけど、やり過ぎには気をつけようね」

『おれは男だ！』のスタンスについてまとめるならば、つまりは、こういうことになるだろう。

そして、ここが一番肝心なのだが、「最終的には、男も女も一緒に幸せになろうよ」という目標をしめしていること、それが少女漫画の基本理念なのであり、『おれは男だ！』であれ『ベルサイユのばら』であれ、そのことについては自明のこととして作品が展開されていたのである。まあ、「ベルばら」の場合は、フランス革命の最中での恋愛だったため、二人とも結ばれた途端に死んでしまったわけだが。

ともあれ、少女漫画は、「最終的には、男も女も一緒に幸せになろうよ」という目標をしめしているという意味において、往々にして「男だけが幸せになればいい（ていうか、はなから女のことは人間だなどとは考えていない）」という基本理念に則って話が展開していく、少年漫画や青年劇画とは、大きく違っていたのである。

『ベルサイユのばら』『おれは男だ！』を連載していた集英社系の作品群はもちろん、基本的には保守的な作風のものが多い講談社系の雑誌にも、ヒロインの紅緒に親友の環が、「（私達が殿方に）選ばれるのではなく選ぶのです」（『はいからさんが通る』大和和紀／七五年）と宣言する、といった内容の作品が掲載され、団塊の世代と団塊ジュニアにはさまれた私達、すなわち「くびれの世代」の支持を集めていた。後に「おたく」と呼ばれるほどに（呼ばれた当人は、別にそう呼ばれることを気に病んだりはしなかった）、いわゆる「フツーの人」よりは記憶力や知識量等に卓越したものを持ち、興味を持つ範囲も広かった私達の世代が、昭和の「ベルばら」ブームを支えたのである。

これらの女子供文化の影響を受け、七〇年代に少女時代を過ごした女達が、八〇年代を迎えた時に、恋愛においても仕事においても、「男に屈服することをよしとしなかった」のは当然の結果だったのである。

が、その後はいささか事情が違ってきてしまった。

八〇年代以降、少女漫画は、マニアックなファン向けの、極端な虚構の中でのドラマを描いたものか、もしくは、まだ中高生でしかないヒロインの半径三メートル以内で起きる出来事に終始した内容のものに収斂してしまったからである。結果、『ベルサイユのばら』『エースをねらえ！』『はいからさんが通る』『キャンディ・キャンディ』等のように、その作品を読むことによって、女に生まれたことを自覚させられつつ、「自身の生き方」についてをも考えさせられる、といった内容のものは見かけなくなってしまったのである。

「自分以外バカ」という世代がもたらすもの

最近思うのは、昭和の「ベルばら」ブームは一種の踏絵だったのではなかったか、ということである。

昭和の「ベルばら」当時、宝塚の観客が増えた理由とは、「既に原作を読んでいた層が、すなわち、子供向け娯楽作品にしてはやや複雑で奥が深い内容の漫画を理解する能力を備えた少女達が、『宝塚も面白い！』と感じ、押しかけたから」、だったわけである。

ところが、平成に入り、再び宝塚が「ベルばら」を上演した際には、いささか事情が違っていた。確かに、客席は埋まった。売り上げという意味では、昭和の「ベルばら」ブーム時に決してひけを取らない結果となった。が、その客層は、随分と変わってしまっていた。既に原作版のブームは去っており、「ベルばら」なんて読んだこともないし、読む気もない、だけど「涼風真世や天海祐希ってステキ！」、こんな風に考える層が、新たに宝塚に押しかけてきたからである。少女漫画人気がきっかけとなった昭和版の時とは異なり、平成版の人気を支えたのは、「『何か面白いことないかしら』と考えていた時に宝塚に出会った、チケット代＋お花代ぐらいは平気で払うことが出来る大人達」、すなわち、団塊の世代&団塊ジュニアだったのである。

そして、この頃から、宝塚の客席の理解力が落ちてきたように思えるのである。涼風真世や天海祐希が出演した柴田侑宏作品の秀作『川霧の橋』（山本周五郎原作の『柳橋物語』を宝塚歌劇化したもの）が、「暗い」「わからない」「つまらない」とさんざんだったのはこの頃である。が、今にして思えば、それも当然のことだったのだ。つまり、昭和の「ベルばら」ブームとは異なり、平成の「ベルばら」ブームは、たとえ原作版の「ベルばら」を読んだとしても、「暗い」「わからない」「つまらない」といった反応しかしめせなかったであろう、そもそも理解力の低い層を、宝塚の客席に呼び込んでしまったのである。

もちろん、全ての観客の「理解力が低い」とは思ってはいない。が、理解力のある観客となない観客、果たしてどちらの数の方が多いか、と考えた際、思い浮かんでくるのはこんな記事なのである。

「クソ芝居」
「見る価値なし」
劇団「ペンギンブルペイルパノルズ」を主宰する劇作家の倉持裕さんのところに、ネットを通じて、こんな感想が多く寄せられるようになった。問答無用の一言ですませ、反論の余地を与えない。批判の対象は、「わかりにくさ」だ。

単純で誰が見ても同じ理解になるような劇には作っていない。あの結末はこうだったのか、それとも違うのか、と楽しんでほしいからだ。

でも、「見たけどよくわかんなかった。わかんなかったのは自分がバカだからじゃない――作ったおまえがバカだからだ」と切り捨てられる。たとえ議論になっても、表現の一つひとつを重箱の隅をつつくように攻撃するだけで集約されない。まるで、自分の方が頭がいい、と示そうとするかのようだ。

（「自分以外バカという時代」／『ＡＥＲＡ』二〇〇三年九月八日号）

そう、これが現実なのである。

このことを裏から証明する出来事として、キャラメルボックス公演『アローン・アゲイン』を観劇した際、終演後に二十歳前後の女の子達が「わかりやすかったねー」と話しているのを聞き「君達の評価基準はそこなのか!?」、とびっくりした、という経験を挙げることが出来る。

わざわざ小劇場に出かけようという、「ポジティブでアグレッシブな若者達＝マイノリティ」ですらこうなのだ。団塊ジュニア以降世代の中のマジョリティの場合、「わかりにくい作品」

を理解する能力も、理解する気力も、いやそもそも、「わかりやすい、という保証がない作品」に関心を持とうという気持ち自体を、持ち合わせてはいないのである。

情緒で動く軍人達

私個人は小学生の頃から「アンドレ派」であるため、オスカルについては、あまり語るべき思いを抱いてはいない。とは言え、やはり、「連載当時から心に残った台詞」というものはある。

アンドレ「おちつけオスカル!! 個人的なうらみはわすれろ、武官はどんなときでも感情で行動するものじゃない!!」

小学校三年生の時、『週刊マーガレット』でアンドレのこの台詞を見て以来、女である私は、この言葉を実践してみせようとしたオスカルこそ「軍人」のあるべき姿だと思っている。

が、世の中には、そうは思っていない人達がいる。「男の子&元男の子」達である。

漫画版『機動戦士ガンダム・ジ・オリジン』（安彦良和／角川書店）では、一人の漫画家の手によって、個々のエピソードが、TVシリーズ版以上に、丁寧に描き込まれている。

ゆえに、TVシリーズ版の時には「さらっ」と流す事の出来た、「民間人をも巻き込んだ戦闘のきっかけ」＝「ジオン軍ジーン軍曹の感情的で軽率な突発行動」という、悲劇的大河ドラマの幕開けとしては、非常にお粗末な設定についてが、より細かく描かれてしまった。

こういった場面を見るにつけ、「ああ、『ガンダム』といい、『ジパング』（かわぐちかいじ／講談社）といい、男の子向けエンターティメントに出てくる軍人って、本当にバカばっかりで、見ていて白けるなあ」、という気分になってしまう。

が、おそらくは、こういった、「感情や情緒に基づいて、軽率な真似をしてしまう愚鈍な軍人」こそ、普通の男の観客にとっては、最も共感出来るキャラクターなのだろうな、とも思う。

「男を萌えさせる男は女を白けさせる、しかもあのジオンの兵隊はすこぶるつきときている」

要は、こういうことなのであり、なればこそ、私は、男の男による男のための戦争エンターティメントを楽しめないのである。

しかし、そのこととは別に、『宇宙戦艦ヤマト』や『機動戦士ガンダム』のヒットについて、「戦意高揚アニメが流行るとは……」と眉をひそめる人達、あるいは、「こういうアニメが好きっていうことは、自分の戦意が高揚されちゃってるからなんだな、と思うと後ろめたい」と言ってしまうアニメファンに対しては、「なんで？　赤の他人が赤の他人と戦っている話を鑑賞する事が、どうして、たとえば太平洋戦争に反対しなかった事と、同次元で語られちゃうの?」といった違和感もまた抱かざるを得ないのである。

だが、そんな違和感を抱く私と異なり、男の子&元男の子にとっては、「赤の他人が赤の他人と戦っている話」であるか否かは、実は大した問題ではなかったのだ。

赤の他人であろうが、身内であろうが、あるいは自分自身であろうが、そして、地球を救うためであろうが、日本を守るためであろうが、南方を列強の支配から解放してあげるためであろうが、「そこに戦争がある」状況がありさえすれば、条件はどうでもよかったのだ。

「戦争自体が好き」、それが大多数の男の子&元男の子、なのである。

そんな大多数の男の子&元男の子の言動を思い知れば知るほど、「大義名分がある(と、男のマジョリティは信じている)戦争」を否定することの困難さを、感じずにいられないのだ。

「女子供文化」の衰退が日本を「戦争」へと駆り立てる

かつての宝塚歌劇とは、次のような台詞こそが、違和感なく存在しえた場所だった。

ベルガー大尉「祖国を裏切れというのか」

オスカー「間違いを犯しているときはな。祖国のためにも、人間であるためにも、今は必要なことなんじゃないのか」

（花組公演『ロマノフの宝石』正塚晴彦作・演出）

この台詞を例にとって説明するならば、「郷土愛＝祖国が間違っている時には裏切ってもいい」、「今の政府が押し付けようとしている愛国心＝祖国が間違っている時でも裏切ってはいけない」ということになり、かつての宝塚とは、「愛国心ではなく郷土愛こそが、人間として重要なのだ」と主張してやまない劇団だったのである。

しかし、この本で後述するように、現在の宝塚歌劇団は、『スサノオ』（木村信司作・演出）を上演することによって、「日本軍の海外派兵＝アメリカ軍による侵略戦争への加担」を否定しない劇団に成り下がってしまっている。そう、「郷土愛」ではなく「愛国心」をこそ強制しようとする、そんな演出家の方が大きな顔をする劇団に成り下がってしまったのだ。そして、少女漫画の世界はと言えば、「マニア向け」ｏｒ「日常些末物」のみに終始している。

だが、それらの事実よりもむしろ、少女漫画読者が「マニア向け」ｏｒ「日常些末物」のみを受け入れるようになり、ヅカファンが理解力を失った今、たとえ『ベルサイユのばら』や、それに匹敵する内容の作品が提示されたとしても、それを受け入れる層は今の日本にはいないのだ、という現実をこそ指摘すべきなのかもしれない。

受け入れてくれる人がいない類の作品が、今後新たに登場するとは考えにくい。だとすれば、これからの女子供文化からは、「自由と平等と博愛をあきらめない人間を描いたドラマ」など誕生し得ないのではないのか。

そもそも、まだ小学生だったあの頃、私は何も「反戦活動家」になろうと思って、「ベルばら」をはじめとする少女漫画に、あるいは宝塚歌劇に接していたわけではない。自分にとって「面白い!」と思えるものに触れていたら、いつのまにか「戦争と差別が大嫌い!」になっていただけである。

が、これからの世代は、そもそもそういった内容を含んだ娯楽作品に接する機会自体を持たないのかもしれないのである。そういった世代がやがて成人し、社会人・有権者となったとしたら……。

「『女子供文化』の衰退が日本を『戦争』へと駆り立てる」とは、すなわちこういうことなのである。

「公務で応戦、罪は個人」

未来の日本人が二〇〇三年に起きた出来事を振り返った際、その後の日本の行く末に最も強い影響を及ぼしたと感じるであろう出来事は、一一月二九日に起きたバグダッドでの日本人外交官射殺事件だろう。なぜ二人の日本人外交官は死なねばならなかったのか。時の日本政府が「何が何でもアメリカ支持、ゆえにイラク派兵すべし」という方針をしめしたからである。ではなぜ時の政府・小泉政権は「イラク派兵すべし」という方針を主張することが出来たのか。二〇〇三年一一月の衆議院選挙で自民党が負けなかったからである。つまり少なからぬ日本人は、「私が選挙に勝てば日本はイラクに派兵しますよ」と言っていた人間を拒否しなかったのである。原因があったからこそ結果が出たのだ。そのことを思えば、「自民党を勝たせたい＝日本はイラクに派兵すべきである」と考えていた人間はもちろんのこと、「自民党を負けさせたい、と思っていたにもかかわらず、結局は負けさせることが出来なかった人間＝日本はイラクに派兵すべきではないと考えていたものの、そのことを実現させるにはいたらなかった人間」もまた、二人の外交官の「無駄死に」（byピーター・アーネット）に対して、責任を感じてしかるべきなのである。ちなみに私は後者に属する。ゆえに私も、どうすれば二人の「無駄死に」に対して「償い」が出来るのかを考えながらこの原稿を書いている。

外交官射殺事件の直後に発売された拙著『声に出して読めないネット掲示板』（中公新書ラクレ）の中で私は次のように述べた。

「やつらには戦没者を悼む気持ちなどこれっぽっちもない」ということが見え見えだから、政治家による靖国参拝を容認したくない、という気持ちが私の中には存在している。

小泉首相が二〇〇四年元旦に靖国神社を参拝したことに対して、今年八〇歳になる「大東亜聖戦大碑」護持会の実行委員長が「単なるパフォーマンス、小泉首相からは英霊に対する畏敬の念が感じられない」とコメントしたことからも、私の推測はあながち的外れではないと思われる。が、拙著の発売直後から、2ちゃんねるの「一般書籍板」周辺では次のような書き込みが目立った。いわく、「この女は頭がおかしい」「読んでいて不愉快」云々。あるいは、私が寄稿している媒体を「大塚英志と不愉快な仲間達」と称した書き込みもあった。なるほど、自民党が負けなかったのも、イラク派兵に反対する声が大きくならないのもむべなるかな、といった状況ではある。

大塚英志は、一般向けの新聞や論壇誌に「イラク派兵反対」を主張した論文を寄せるのと並行して、『少年エース』『ニュータイプ』（共に角川書店）といった若者向け雑誌用の連載漫画の原作を書いたり、ジュニア向け小説を書き下ろしたりしている人である。ゆえにその読者には、中高生が少なくない。私と同じく「くびれの世代」に属する大塚は、「なぜ日本は今のような憲法を持つにいたったのか」「今の憲法が主張していることとはなんなのか」「イラク派兵のどこがいけないのか」「憲法を改変したがっている人達は要するに何を望んでいるのか」を、今時の中高生に向けて、彼らにわかる言葉で精力的に語っているのである。たとえばその主張は、〈大塚英志の「憲法前文」シリーズ〉の広告という形で『少年エース』二月号にも掲載されている。角川書店発行書籍の宣伝頁とはいえ、大塚の主張に関心を持つ読者がいればこそ実現出来た頁である、とも言えるはずである。

他方、私はと言えば、ネットに書き込みをしている層も含めて、自分自身よりも若い世代に対して、なかなかそこまで思い入れることが出来ずにいる。拙著とそれに対する批判について、「今は皆理解力がおちているけど、反面愛情には過敏なとこがある。文章の中に彼らに対する愛がなくては届かないのでは」といった指摘を受け、「愛情かあ、かけらもないなあ」と思ったり、「けど、それじゃあ結果（イラク派兵阻止や憲法改悪阻止）が出せないしなあ……」と思ったりもする。とはいえ大塚氏も団塊ジュニアのことはすっとばして（無視して）より若い世代に訴えかけているようにも思えるし、「無駄なことはしない」といった割り切りも必要なのかな、とも思う。

そんなことを考えていた正月三日、朝日新聞（関西版）*の朝刊一面にとんでもない見出しが載っていた。

「公務で応戦、罪は個人」

（「知られざる変容自衛隊50年」第二回／『朝日新聞』二〇〇四年一月三日）

イラクで自衛隊員が民間人を装ったテロリストから身を守ろうとする等の結果民間人を誤射してしまった場合、日本の刑法で裁かれ刑を科せられるとのことである。

なんじゃそりゃ!?

いやまあ、理詰めで考えればそうだろう。更に言ってしまえば実際には情状が酌量されるだろう。だが、刑法はもちろんのこと、イラク特措法であれなんであれ、すべての法律は日本国憲法の精神の下に運用されるべきであることを考えれば、「民間人を装ったテロリストが闊歩するため結果として日本人が民間人を誤射する事態も有り得る国にその国の国民が望まない形で日本人が出兵することは、日本国憲法の精神に適合しない」という結論が、この一事からも導き出せる。とまあ、刑法ゼミ出身の私などは思うのだが、今の日本には、そうは思わない人の方が多いようである。なぜこうなってしまったのか。

戦争に反対する側に立つメディアの腰が引けているから、ということもまた、やはり理由の一つだと思える。たとえば朝日新聞は、この記事を、この見出しを、三日の朝刊ではなく、普段は新聞を読まない人も結構読むであろう元旦の朝刊の一面にこそ出すべきだったのだ。朝日を批判することは、結果として「敵に塩をおくる」ことになりかねないのであまりしたくはないのだが、やはり書かずにはいられない。お堅い論壇誌だの新聞だの以外で、「イラク派兵は間違っている」ということを明確に主張した文章が掲載されるメディアとは実は『少年エース』だけなのかもしれない、といった状況が少しでも改善されるよう、今年も仕事をしていきたいと思う。

（＊関東版の見出しは「生死分ける判断に直面」）

――初出『月刊連合』二〇〇四年二月号

無知で傲慢で（潔癖主義で）屈託が無くて無神経なマジョリティ

読解力不足な少女漫画ファン

現在、一番人気のある少女漫画といえば、なんといっても『NANA』（矢沢あい／集英社）である。この本のゲラを直している時点で出ている最新刊の帯には「累計1600万部を突破!!」の文字が躍っている。ストーリーは現在、タクミとノブという二人の男の間で揺れていたヒロインのハチが、タクミの子と思われる子供を妊娠し、ノブと別れタクミと結婚する道を選ぼうとしている、といった状況にある。「自分が愛している男＝タクミ」と「自分を愛してくれている男＝ノブ」、果たしてどちらと結ばれるのが幸せなのか、という、ラブストーリーの王道的展開を、現在の日本に生きる女の子が共感出来る描き方で見せてくれていることが、大ヒットの理由なわけである。

が、私が少女漫画に熱中していた子供時代と現在では、状況が異なる部分もある。その一つがインターネットの隆盛である。たとえば最大の匿名掲示板「2ちゃんねる」では、単行本の最新刊が発行された後の二日間で、たちまち一〇〇〇以上の書き込みが寄せられるほどだ。しかし中には、「!?」と思ってしまう書き込みもある。

889：花と名無しさん　：03/09/12 11：49 ID：XXXXXXXXX
なんかスッキリ割り切り杉？
みたいなところはあるよね。ハチもノブも。

154：花と名無しさん　：03/11/21 18：36 ID：XXXXXXXXX
新居で暮らすハチ、ノブの事なんか忘れてタクミとラブラブじゃん。
ハチって結局要領いいよ。
この先、不幸になる展開キボンヌ。

とまあ、ヒロインのハチは、結構ぼろくそに言われているため、彼女達よりもいささか年を取った女の一人である私としては違和感を覚えざるを得ないのだ。

そもそもハチは、結局はタクミと暮らす道を選んだことについて十分に悩んでいる。ノブと別れたことについても全然割り切れてはいない。そんなハチの心情は十分に伝わってくる。にもかかわらず、ハチと同世代であり『NANA』の中心的読者であるはずの女の子達が厳しくハチを糾弾することが珍しくないのだ。なぜなのか。

まず考えられる理由の一つに「読解力不足」が挙げられる。ふと見せる表情や本音とは裏腹な台詞等で登場人物の心情を描写する『NANA』の場合、今時のゆるいTVドラマと異なり、「ノブ、ごめんなさい! だけど子供はやっぱり本当の父親のところで育てたいの!」と泣き喚いたり、「ハチ、俺はやっぱりおまえのことが好きだー!」と雨の中でずぶぬれになりながら叫んだり、といった場面はない。ゆえに「なんかスッキリ割り切り杉?」といった反応が出てくるのでは、と推測されるのだ。

次に考えられる理由として、「読者の無知」が挙げられる。何に対して「無知」なのかと言えば「理屈では割り切れない、人間ならではの心情に対する無知」である。ハチはタクミのこともノブのこともどちらも好きである。好きの種類が違うのだ。が、ネットに熱心に書き込む『NANA』世代にはそれがわからない。「二人の男を同時に愛する気持ち」を知らない、要は「人間ならではの感情に無知な子供」なんだから仕方がない、と言ってしまえばそれまでだが、しかし、「知らない」がゆえに、「二人の男を天秤にかけている（としか思えない）」ハチのことを過剰に糾弾する姿勢が目立つのも事実なのだ。

「自身が知らない感情を発露する他者」を糾弾する若者達

その種の書き込みに対して薄ら寒いものを感じていたわけだが、しかし、ある時ふと、「これって、他のテーマの書き込みに感じたのと同じ匂いがする……」ということにも気付いた。

そう、こんな書き込みと同じ匂いを。

No. 22–10257–2003/12/01（月）12：24：30 – 早く行った方が良い – ID：XXXXXXXX
平和好き戦争嫌い犠牲者出るの嫌です！　を唱えてる人ってさ、他の国がイラク復興の為に頑張ってるのに、日本は金だけ出せば済むと思ってるの？　それに自衛隊って何億も金掛けて訓練積んでるんでしょ？　一体何の為に訓練してんだよぉ～～戦う為でしょ？

これは、宝塚ファンを対象にした匿名掲示板で見かけた書き込みを保存しておいたものだ。

同様の趣旨の書き込みは、少女漫画やゲームやテレビドラマといったテーマを扱った匿名掲示板でもごく普通に見かけることが出来る。つまり、何か思うことがあればネットに書き込んでみる、といった行為に抵抗を覚えない世代の中には、この種の価値観の持ち主は決して珍しくない、というわけである。ではなぜ私は、この種の「イラク派兵に賛成!」する書き込みと「ハチは許せない!」とする書き込みとの間に同じ匂いを感じてしまうのか。

なぜなら、これらの書き込みは、「自身が知らない感情を発露する他者」を一方的に糾弾しようとしている、という姿勢において共通している、と言えるからである。

私はイラク派兵に反対である。なぜそう考えるのか、各論的にいろいろ理屈を挙げることはもちろん可能だが、その根底には、「自分(あるいは自分にとって他人ではない人間)が人を殺すのも殺されるのもイヤ」という感情がある。

が、今の若者の中には、その種の感情を解さない層がいる。彼らにとって「自分(あるいは自分にとって他人ではない人間)が人を殺すのも殺されるのもイヤ」という感情は、理解しづらいものではあるのかもしれないが、その挙句に、自身が「無知」であるということを恥じるどころか、「無知」であることを盾にとって「自身の知らない感情を発露する他者達」を過剰に糾弾するのが今の若者なのだ。その手段として、法律や倫理や道徳や信義則といった、いわゆる「正しいもの」を持ち出し、その「正しさ」に反するものはむやみやたらと叩いてみせる「潔癖さ」こそが、今時の若者の特徴の一つと言えるだろう。そしてその根底には、拙著『若者はなぜ怒らなくなったのか』（中公新書ラクレ）でも触れた彼らの価値観「決まっちゃったことはしょうがない」に通じる心情が存在しているのだ。いわく、「二人の男を同時に愛したことがないからそういった感情がわからなくてもしょうがない」「恋愛らしい恋愛をしたことがないからそういった感情がわからなくてもしょうがない」「人を殺したことがないからわからなくてもしょうがない」「人に殺されたことがないからわからなくてもしょうがない」……そう、何もかもが「知らなかったんだからしょうがない」「わからなかったんだからしょうがない」で片付けられてしまう。それが今の日本の姿なのである。そして実は、これは何も若者に限ったことではないのだ。

無知であるがゆえの潔癖さ、傲慢さ、無神経さ。

つまりは、「バカの壁」の存在よりも、「無知の知」という概念の喪失こそが、今の日本の諸悪の根源なのであり、無知で潔癖で傲慢で無神経な人間がマジョリティとなってしまっている、それこそ、「くびれの世代」から見た「今の日本の姿」なのである。

——初出『月刊連合』二〇〇四年一月号

「強きを助け弱きをくじく」日本のマジョリティ

今時のヒット作品

驚いたことに、「友情」と「勝利」しか出てこない（強いて付け加えるなら「生まれ」）お話なのである。ちったあ「努力」しろよー。親戚の家で気兼ねしながら生きてきた子供にしては頭の回転が悪過ぎてリアルさに欠けるため、見ていて白ける。

（『若者はなぜ怒らなくなったのか』中公新書ラクレ）

これは、拙著『若者はなぜ怒らなくなったのか』の中の一文である。私はいったい何についてボヤいているのかと言えば、「ハリ・ポタ」についてぼやいているのである。

「二一世紀になったというのに、なんでこんなに前時代的で封建的で権威主義で男尊女卑な殺伐とした内容のお話を見なきゃあならないんだろう」

昨今人気だというファンタジー作品を観た際の、これが私の率直な感想なのである。

たとえば『ハリー・ポッター』とは、「血筋」「生まれ」「身分」が全ての面でものをいう世界の中で、「良き両親」に恵まれた少年が、特別扱いをされながら成長するお話なわけである。が、最初は、「まあ、イギリス人の考えることだしなー」、といったうがった気持ちもあった。たとえば、『機関車トーマス』を見ていれば、朝っぱらから階級制度について、いやでも思い知らされるわけだし、「これを子供に見せるんだから、イギリス人ってやつは、ほんとにもう」、ってな気分にもなったからだ。

ところが、気付けば、事態はもはや、イギリスだけの問題ではなかった。

たとえば小説、そしてそれをアニメ化した作品が現在人気の『十二国記』（小野不由美／講談社）の場合。

過去の中国を模した架空の世界の中で、女達は、自分には責任の無い、親の罪のことで責められ、生まれた国のせいでひどい目にあう。「今はいったい何時代ですか!?」と思ってしまうような、前時代的で封建的で権威主義で男尊女卑な殺伐とした内容のお話が展開されているのだ。市川猿之助のスーパー歌舞伎「新・三国志」シリーズが、『三国志』をモチーフにしながらも、「夢見る力」をテーマに掲げ、あくまでも人間らしく生きようとする者達の姿を描いているのとは実に対照的である。

が、『十二国記』に何の抵抗も感じずに楽しむことが出来る、それが今時のファンタジーファンなのだ。

かつてのファンタジー

かつて、ファンタジーと呼ばれる作品とは、「妖精が出て来る作品」=「きわめて珍しいジャンル」の作品だった。岩波少年文庫等を子どもに買い与える家庭の子供以外には、縁遠いジャンルだったと言えよう。

あるいは、ファンタジーとは、「ハヤカワSF文庫」ではなく「ハヤカワFT文庫」におさめられる作品である、という言い方も出来た。私が中学生の頃、新たに創刊されたレーベルが「ハヤカワFT文庫」だった。つまりは、「知る人ぞ知る」と言えるジャンルだったのである。

ところが、八八年の「ドラゴン・クエストIII」の大ブームが、この状況を一変させた。「ファンタジー=剣と魔法とドラゴンが出て来るお話」というコンセンサスが、日本人の間に出来上がったのである。

それと前後して、『機動戦士ガンダム』で一世を風靡した富野由悠季が『聖戦士ダンバイン』を発表したことも、ファンタジーブームに拍車をかけた。

その後も「ドラクエ」はシリーズを重ね、「ロトの紋章」という漫画やアニメを派生させ、「ドラクエ」以外にも「剣と魔法とドラゴンが出て来るお話」を輩出させ……結果、八八年以降にゲームや漫画やアニメに熱中した世代、すなわち、団塊ジュニア達を虜にしたのである。

「８時だよ！全員集合」が人気だった頃、「全員集合」を見せてもらえない家で育った子供は、月曜日の学校でいたたまれない思いをした。が、それはあくまでも、月曜だけのことだった。ところが、「ドラクエ」が流行った頃、「ドラクエ」をしていない子供にとって、学校や塾は、連日「いたたまれない場所」だった。「そんな空気の中で育った世代＝団塊ジュニア」が成人し、今では『ハリー・ポッター』にはまっている。そんな図式が見えるのである。

そんな団塊ジュニアを主たる顧客とする、今時のファンタジーの特徴を挙げてみると、

・登場する大人がドキュン（＝「困ったちゃん」である）
・身分差別の肯定
・役割分担の固定化
・男尊女卑の容認

・職業差別の肯定

といったところになる。

一言でまとめてしまうならば、「理想を夢見る力の衰退」こそが、今時のファンタジーを特徴づけている点である、と言えるだろう。

団塊ジュニアのほとんどは、スーパー歌舞伎になじみが無いはずだが、たとえ接する機会があったとしても、「夢見る力」をテーマに掲げた作品を素直に受け入れる能力を、今時のファンタジーファンはそもそも身に付けてはいないのだろうな、と思えてしまうのである。

「こんな世界で生きたい」か⁉

現実を舞台にしては、「男女平等」に則り、「人間の尊厳」を大切にする作品など作れない。だから、「ファンタジー＝異世界を舞台にしたドラマ」を語ろうとする。

これこそ、ファンタジー作家の、最も素朴で素直なモチベーションの一つだったはずである。

そう、ファンタジーを書こうとする人とは、「現実の世界の醜い部分を取り除いて作った、自身の理想の世界の中でドラマを語ろうとする人」、だったはずなのだ。

ところが、今、実際に売られているファンタジーときたら、「むしろ現実の世界では公にしないようにしている世の中の醜い部分を、より拡大させた物語」が少なくないのである。

そして、その結果が前述の、

登場する大人がドキュン／身分差別の肯定／役割分担の固定化／男尊女卑の容認／職業差別の肯定

へとつながっている、というわけだ。

たとえば、「登場する大人がドキュン」という点についてならば、『ハリー・ポッター』に登場する教師達を思い浮かべてみればいい。善玉として描かれている教師達とは、すなわち、ハリーが「いい血筋の生まれだからひいきする」教師達である。つまり、一昔前なら、「ひいきだ、ひいきだ！」と糾弾されても仕方の無い教師達、すなわち、教師として最も不適格な大人たちが、なぜか「ハリ・ポタ」世界では、「良き大人」扱いされているのである。

いや、これは何もファンタジーに限ったことではない。エンタメ全体から「ちゃんとした大人」が消失してしまっているのだ。

富野由悠季の場合も、その弱点は、「ちゃんとした大人」の描けないところ、ちゃんとした大人を描こうとしたら結局は「ランバ・ラル＝立派な軍人」になってしまうところにある。いや、富野に限らず、日本の男達は、「ちゃんとした大人」を想像する力を持たないため、「今の若い者は……」と言いたがる人達はすぐに、「日本の若者を鍛えなおすためには、徴兵制をしいて、軍事教練を受けさせるしかない」、とかなんとか考えてしまうのである。

宮崎駿が関わった作品の場合、私の理想に最も近いのは、『パンダ・コパンダ』である。パンダが「ちゃんとした大人」だったからだ。言い替えれば、「ちゃんとした大人＆感情移入できるキャラクターが登場しない」という理由から私は、『千と千尋の神隠し』を受け入れることが出来ないのである。

そして、エンタメ全体がこういった傾向にある、という現実の結果の一つとして、近頃の私は、「こんな世界で私も暮らしてみたい！」と思える、そんなファンタジーにお目にかかれないでいるのである。千尋が働く湯屋であれ、『十二国記』のヒロインが転生してしまった世界であれ、あるいは、えこひいきが当たり前の先生ばかりのホグワーツであれ、「こんな世界でなんか暮らしたくない！」、それが、「今時の人気ファンタジー」に対して、私が抱く思いなのだ。

更に付け加えれば、『千と千尋の神隠し』の場合は、別の意味でも「こんな世界で私も暮らしてみたい！」とは思えない作品である。つまり、元の世界に戻れたからといって、そこに

「明るい未来」が待っているわけではない、という意味においてである。『千と千尋の神隠し』の場合、湯屋で下働きをさせられるよりはまし、といった程度の、結局は「つまらない現実」が待っているだけなのだ。

「ファンタジー＝現実よりも素敵な世界を舞台に繰り広げられるお話」だったはずなのに。なぜこんなことになってしまったのか。

「殺伐」とした現実

ここで少し、今の社会がどんな社会であるのかを考えてみよう。

子どもが親より重視するのは「お金」、親が子どもより大切にするのは「誠実さ」――。くもん子ども研究所（大阪市）の調査で、こんな結果が出た。（中略）親子で最も差が出たのは「誠実さ」。親が4位だったが、子どもは18位。「お金」は子どもが5位に対し、親は17位だ。

（『朝日新聞』二〇〇三年九月七日）

子供を育てている最中の人達には、なかなかショッキングな記事だったのではなかろうか。子供のいない私でさえ、正直「ギョッ」とした。が、よくよく考えてみれば、今の子供達は、人の感情の裏を読んだり、あるいは、言外に意思をしめしたりすることが不得手なため、素直に物事を受け取り、表現しているだけなのである。ということは、つまり、子供達を取巻く環境が、「大事なのはお金、誠実さなんて大事にしていたところでバカを見るだけ」という空気に満ちている現実に、素直に反応した結果がこれなのだ、と考えられる。

実際、「お金は大事」である。CMの中でも、幼稚園児に扮した子供達が、先生の弾くオルガンに合わせて、「お金は大事だよ－♪」と歌っている。「子供になんてことを歌わせるんだ、なんて品の無いいやらしいCMなんだろう」と、見る度に不快になるのだが、いかにも「今の時代らしいCM」ではある。

CMではなく、現実について考えたとしても、事態はやはり同様である。「お金」のことで頭を悩ませていない、子育て中の世帯というものは、やはり珍しいと言えるだろう。「お金さえあれば」、親達の抱えるこの感情が、子供の目に触れる日常生活に与える影響は、少なくないはずである。「お金さえあれば」、親同士がもめている姿を子供に見せる機会などなくなるかもしれない（性的なこと、恋愛にまつわるトラブル等は、子供の目に触れないところでもめるだろうから）、そんな風にさえ言える状況が、今の日本にはあるのである。この身もふたもない現実にさらされて育った子供が、「やっぱお金だよな」、と考えるのは、しごく当たり前のことなのである。

子供が実際に見聞きする生活の中で、「誠実さ」について触れる機会があるか否かについては、これはもう、個々の家庭環境毎に異なるはずである。しかし、今の日本において、会社であったり、学校であったり、地域社会であったり、といった場面の中で、「誠実さ」を子供にもわかる形でしめす機会がどこにあるのか、を考えると、「やっぱ、誠実さを大事に思え、っていう方が無理だよなー」と思えてくるのである。

そして、そんな現実を背景に台頭してきたのが「負け組」という概念である。

なぜこうなってしまったのかといえば、「今の日本」は、男女雇用機会均等法は施行されているし、「貧乏だから」上の学校に行けない、なんていう層は存在しないほど豊かな社会になった、ということになっているし、年功序列が廃止され、実力・成果に基づいて収入や地位が決定される社会になった、ということになっているし……つまりは、「ある人が『勝ち組』『負け組』のいずれに属する人間であるかは、すべてはその人の責任であり、もし『負け組』に属していたとしても、それはすべて自業自得なのである」という価値観こそが「正しい」とされる社会になってしまったから、なのである。

そして、「もし『負け組』に属していたとしても、それはすべて自業自得なのである」という価値観を受け入れることこそ、今の日本で「分別ある大人」として扱われたい人間ならば、越えなければならないハードルなのである。

なぜそうまでして、「分別ある大人」として扱われたいと考えたがるのか、私のような気質の人間にはどうしても理解出来ないのだが、ともあれ、「分別ある大人」として扱われることこそ、今の日本のマジョリティの願いなのであり、その自らの願いをかなえるために、今の日本のマジョリティは、「もし『負け組』に属していたとしても、それはすべて自業自得なのである」という価値観を素直に受け入れてしまっているのである。

だが、「俺は『勝ち組』だ！」と自他共に認められるほどの成果を手に入れられる人間など、現実には一握りしかいない。

その結果として、「どうせ俺は『負け組』なのだ」と考える人間が大量に生まれ、そんな彼らの存在によって、世の中全体が「殺伐とした空気」に覆われてしまっているのである。

「俺も負け組だがおまえも負け組だ」

そう、「負け組」という語句を手に入れた時、日本のマジョリティは、「女」や「在日」や「低学歴」や「部落」や「障害者」といった層だけでなく、気に入らない「ご同輩」さえも貶めることが出来るようになったのであり、そして彼らは、その道をすすんで選択したのである。

「赤信号、皆でわたればこわくない」

団塊の世代の雄、ビートたけしの生み出した流行語を、団塊ジュニアは、きっちりと実践してみせているのだ。

「差別すること」に不感症

『ハリー・ポッター』とその版元の姿勢をうかがわせる、こんなエピソードがある。

問題になったのは、第二巻の『ハリー・ポッターと秘密の部屋』にあった先天性疾患を差別するような表現だ。（中略）翻訳では「兎口」という漢字に「みつくち」とルビがふられていたが、これに対し、「口唇・口蓋裂友の会」から問題提起がなされた。（中略）そして話し合いの結果、六六刷からは当該の箇所一行を削除することにした。

しかし、それ以前の本を静山社が回収したわけではなかった。友の会から申し入れを受けた公共図書館、学校図書館の多くは、それまで購入していた本を引っこめて、新規購入した六六刷以降の本と差し替えるなど対応に追われた。六五刷以前の本を新しい版のと取り替えてもらえないかという図書館等からの申し出に関しては、静山社は拒否したそうである。買い替えられた分だけ第二巻はなお重版することになり、増売できたという結果を生んだわけだ。また問題の箇所を削除したことについては、あとがきでふれられているわけでもないし、六六刷から第二版になっているわけでもないので、一部で新聞報道はされたものの、一般には経緯が知られていない。

（野上暁＋グループＭ３『ファンタジービジネスのしかけかた』講談社＋α新書）

なんだかまるで、「敵に塩をおくる」ような結末になってしまったと言えそうだが、ともあれ、これが「ハリ・ポタ」という作品および版元の姿勢なわけである。

要するに、「先天性疾患を差別することはよくないことである」という発想自体が欠けている、ということである。

最も望ましいやり方は、「ハリ・ポタ」という作品が先天性疾患を差別するような表現を抱えていることに対して差別された当事者達がどうしたか、そして、それを受け出版社側がどう対応したかを正しく伝え、それらについて、「ハリ・ポタ」読者自身に考えさせる、ということだったろう。

が、実際には、一行削除したバージョンを再版して終わり、そしてほとんどの読者はそんな顛末について知らない、というのが現実なわけである。

「人を差別すること＝悪いこと」

こういう感覚を持たない人間が児童向けの本を書き、翻訳し、出版している。ある意味、終始一貫している、とは言えよう。

そして、それを支持する、少なくとも、その姿勢に疑問を抱かない多数の人間がいる。

それが、今の日本の現実なわけである。

「人を殺すこと」への屈託の無さ

「ドラクエ」をはじめとするコンピューター・ゲームが、日本の子供達に広く受け入れられた背景の一つに、日本における漫画・アニメの隆盛がある。そして、日本の漫画・アニメがこんなにも発展した、最も大きな理由の一つとして、「手塚治虫という作家が存在したこと」が挙げられる。

手塚という作家の特徴は、
①暴力を生理的に（論理的に、ではない）嫌悪している。
②武器フェティスト的な面が（男性クリエイターにしては）少ない。
③家族の絆の描写にあまり関心がない（ゆえに、家父長制志向も薄い）

④女性キャラクターを「尊厳を持った人間」として描いている

といった点にある。

日本の漫画家やアニメ関係者は、（反発を覚えている、という場合も含めて）ほとんど全員が「手塚チルドレン」と呼べる状態にあるため、その結果として、「漫画やアニメの作り手」＝「戦争を体験した結果、素朴な反戦思想を抱くにいたった世代」＝「日本人の男の中ではただ一瞬現れた徒花、鬼子」

こういった図式が存在していたのである。ところが。

大塚「たとえば庵野君が『殲滅』という言葉を使うとき、それを不用意だと感じる感受性は、僕の中には多少残っていたんですね。ところが庵野君たちは、『殲滅』という一個の言葉の中に、なんら倫理的なこだわりを見ないでぽんと使うことができる。それをテレビゲーム的だと言ってしまうのは、また違う切り捨て方だと思うんだけれども、戦争や人を殺すのを描くことに対して、それを抑止する倫理観みたいなもの、何かためらいみたいなものが綺麗に抜けている。これは先々、別の意味で大きな問題になってくると思います。その屈託の無さが多分、彼らの新しさでもあったのでしょうが」

（吉本隆明・大塚英志『だいたいで、いいじゃない。』文春文庫）

この対談が行われたのは一九九七年一一月二八日とのことだが、ここで大塚が「先々、別の意味で大きな問題」と述べていることの答えが、昨今の、「素朴な反戦思想を口にするだけで非国民扱いされかねない空気」や「やたら好戦的な書き込みが目立つ掲示板」であり、「よりによって平和記念公園の折鶴を燃やしてしまう大学生の登場」だったのでは、と、近頃の私には思えるのである。

そしてその答えは、ゲームや小説やアニメの世界でファンタジーを作ろうとする人達の中にも表れている。すなわち、「ポスト手塚チルドレン」の登場である。

「手塚チルドレン」と「ポスト手塚チルドレン」の境界線は、「戦争に対する屈託の有無」「人殺しに対する屈託の有無」にある。

彼らの価値観はこうである。

つまるところファンタジーっていうのは、今の日本の現実社会とは異なる「異世界のお話」なんだから、「人殺ししたっていいじゃん」「生まれが悪い人間を差別したっていいじゃん」「男が女を見下したっていいじゃん」……。

これこそ、「ポスト手塚チルドレン」ならではの価値観なのであり、その価値観に従って作られた作品が、今時のファンタジーなのである。

・身分差別の肯定
・役割分担の固定化
・男尊女卑の容認
・職業差別の肯定

これらが今時のファンタジーの特徴である、と既に述べた。これらを一言で言い表すとするならば、「人を見下すことの気持ちよさ」、ということになる。

人間が生来身に付けてしまっている、この種の「いやらしい感情」を肯定的に描いている点こそ、今時のファンタジーの特徴なのである。

なぜこうなってしまったのかと言えば、前項で述べたように、今の日本は、「世の中全体が「殺伐とした空気」に覆われてしまっているため、この種の「いやらしい感情」を抱えずにはいられない人間が多数存在しているからである。そして、そんな彼らの欲求を満たしてくれるのが、今時のファンタジー作品なのである。

日常が「殺伐」としているために、その「殺伐さ」をより純化させたファンタジーを鑑賞することで「憂さ晴らし」をしている。

これこそ、今時のファンタジーブームの正体なのであり、だからこそ、「前時代的で封建的で権威主義で男尊女卑な内容の作品」ほど、よく売れるのである。

大衆娯楽の存在意義

長々と今時のファンタジーに対する不平・不満を述べてしまったが、「じゃあ、おまえが望むファンタジーとは具体的にはどんな作品か」、と問われれば答えに窮してしまう。強いてあげれば、『誰も知らない小さな国』（佐藤さとる／講談社文庫）と、『緑のオリンピア』（池波正太郎／講談社文庫）ということになるが、いかんせん古すぎる。

私が望むファンタジーとは、「ちゃんとした大人」＆「感情移入できるキャラクター」がそろった作品である。「ちゃんとした大人」とは、「畏敬の念」を素直に抱けるキャラクターのことである。いや、これは何も、ファンタジーのみに対して望んでいることではない。

二〇〇一年八月にロンドン郊外の児童文学研究所で行われた国際シンポジウムの番外のスピーチで、アメリカの大学講師のブラウン氏は、ハリー・ポッターは「現実逃避の文学」に近いもので、読んでいるときにだけ一時的に現実を忘れさせてくれる力しかもたないと述べた。それに対して「現実を説き明かす文学」は、それがファンタジーであっても現実の人生を投影し、読者の人生観を広げ研ぎ澄ましてくれるという。

（野上暁＋グループＭ３『ファンタジービジネスのしかけかた』講談社＋α新書）

宝塚歌劇の客席は、まさにこの二つのタイプの嗜好を持ったファンに分かれている。すなわち、「内容なんてどうでもいい、ルックスのいいスターが見られればそれでいい」派と「宝塚が上演する作品は、現実や他のメディアと違って、女の人間としての尊厳が大切にされているから好き」派の二種類である。

が、昭和の「ベルばら」ブーム以降、三〇年近く宝塚を見てきた私は、「前者のタイプのファンが客席にだんだんと増えてきているなあ」、と感じていた。ましてや、宝塚のように、「主たる客層＝女＝見下される側」によって長年支えられてきたメディアと異なり、今時のファンタジーは、殺伐とした今の日本の社会の中で生まれ育ってきた男女達によって支えられているのだ。「読んでいるときにだけ一時的に現実を忘れさせてくれる力しかもたない」作品で十分、そんな作品をこそ楽しみたい、そう考えるのも仕方がないのかな、とも思ってしまうのだ。

そして、殺伐とした今の日本の中で生まれ育ってきた男女達にとって、「一時的に現実を忘れさせてくれる力を持った作品」とは、すなわち、「人を見下す喜びを味わわせてくれる作品」なのである。

「現実」を舞台に、様々な差別を肯定した作品を作り出し、発表することは難しい。

しかし、ファンタジー仕立てにすればオッケーである。かつては、「ファンタジー」≒「世の中をよき方へと変えるための方策」でもあったはずなのに、と思ってみても空しいだけ、というのが現状なのだ。

また、「ハリ・ポタ」をはじめとする今時の人気ファンタジーのシリーズは、何冊読んでも同じだからこそ、「ドラクエ」世代のハートを射止めたとも言える。そう、まるで、マクドナルドのハンバーガーのように。マクドのハンバーガーに「おいしさ」を求める人はほとんどいない。「全く未知の土地での未知の店」で食べる料理と異なり、「ある一定のレベル以下の味であることは決してない」と保障しているからこそ、人はマクドナルドで食事をするのである。

しかも、「ハリ・ポタ」を読むのは、ゲームをクリアするよりも楽である。映画版を見るのはもっと楽だ。だから受けるのである。

他方、『指輪物語』の原作本を読むのは楽ではない。だから、ある程度以上のヒットは望めないのである。

が、たとえ今時のヒット作品を支える要素が、「一時的に現実を忘れさせてくれるタイプ」で「どれをとっても同じレベル」で「鑑賞するのが楽」なものだったとしても、世の中の全てのエンタメが「一時的に現実を忘れさせてくれるタイプ」で「どれをとっても同じレベル」で「鑑賞するのが楽」なものになる必要はないはずである。いや、ならないで欲しい、とこそ思う。では、「ちゃんとした大人」＆「感情移入できるキャラクター」がそろった作品が大衆に受け入れられる社会を作るためには、果たしてどうすべきなのだろうか。

結局は、今時のファンタジー人気を支えている世代よりも上の世代に属する人間が、「下の世代が畏敬の念を素直に抱けるちゃんとした大人」になる必要がある、ということだろう。私達「くびれの世代」にとってはなんともしんどいことだが、気付いてしまったのだから仕方がない。団塊の世代の轍を踏まないためには、せめて、「あんな年の取り方はしたくない」と言われないよう生きることから始めなければ、ということのようである。

——初出『大航海』四九号

「悪口の流行」

昭和レトロがブームである。商店街にそれっぽい看板をつけることで町おこしをはかったり、商業施設の中に映画のセットのごとく昭和の町並みを再現してみたり、といった試みが流行っている。なのに近所にある「生きた昭和レトロ＝日暮里駄菓子問屋街」が二〇〇四年の秋には、再開発のため取り壊されてしまうという。なんてこったい！

と思ったのだが、考えてみれば、作ったり壊したりする分にはお金が動いて、それで儲けを得る人達が存在するけれど、ただ「保存します」じゃあ誰も儲けられないもんね、そうか、だから潰されちゃうのか……と、この件に関しては自己完結してしまったので（けど、むかつく！）、今回は別件について考えたい。

先日「愛国というキーワード」というテーマで取材を受けた際、「今ネットで流行っている言い回し、特に誹謗中傷に使われる言葉」という話になった。帰宅後早速「今ネットで流行っている誹謗中傷罵詈雑言」の採集に励んだ結果、「低能、低学歴、朝鮮、生きる価値なし、精神異常者、デブス、頭悪そー、白痴、ゴミ、ババア、高卒」といったラインナップが浮かびあがってきた。「キチガイ、バカ」はあまり見当たらなかった。「キチガイ」については「この語句は使ってはいけないというサイトがままあるから」、「バカ」については「その程度の言い方では相手を充分に罵倒した気分になれないから」、のようである。

今の日本では「戦争肯定派＝世の中の仕組みを様々な角度から検証することの出来る知的レベルの高い人間、『性別や国籍や学歴にかかわらず人間は皆平等であるべきだ』などとは夢にも思わないタイプ」「戦争否定派＝現実を理解することの出来ない知的レベルの低い人間、『性別や国籍や学歴にかかわらず人間は皆平等であるべきだ』てな絵空事を信じている夢見る夢子ちゃん」という価値観が支配的である。そのためネットでも「こいつ、頭悪そー（W」という意味をこめて、気に入らない相手のことを「朝鮮」だの「ババア」呼ばわりする、そんな場面がままあるのである。彼等にとって気に入らない相手に向かって「朝鮮！」と言い放つことは「おまえの母ちゃんデベソ！」と囃し立てるのと同様の行為なのだと思われる。なんとも幼稚で情けないふるまいだが、これがネットに書き込みをしている、それなりの年齢や立場にある日本人の現実なのだということをまずは認めなくてはなるまい。もちろん、「彼等にはそれほど悪気はないんだから」という事実など何の免罪符にもならないが。

「頭悪そー」という言い回しは、「自分と異なる価値観を持った、実は自分よりも頭が良さそうな相手」に向けて使われる傾向がある。自分よりも頭が良かろうが悪かろうが、「自分と異なる価値観を持った他者」に対しては、「私はそうは思わない」と言えばいいはずだが、彼等の考え方は違う。どうやら彼等は「自分と異なる価値観を持った他者」に対して、まず第一に、「けど、僕の方が頭がいいに決まっている！」と思い込まずにはいられないらしいのだ。そんな彼等が好む言い回しとして、他に「ウザい」や「イタい」がある。そう、彼等は、「自分と異なる価値観を持った他者」に対して、「嫌い」ではなく、「ウザい」や「イタい」を使うことの方が多いのだ。そこで気がついたのが、〈「キライ」→「ウザい」→「イタい」〉の差異についてである。

私よりも上の世代の読者層には、これらのニュアンスが伝わりにくいかもしれないため、念のために註釈をつけると、

「キライ」＝「嫌い」
「ウザい」≒「うっとうしい」
「イタい」≒「見ていて痛々しい、いたたまれない状態である」→「（転じて）見ていて痛々しいほど頭が悪い」

ま、こういったところになると思う。私としては、「ウザい」だの「イタい」だのを使うならば、せめてこれぐらいの使い分けはして欲しいもんだ、と思うわけである。が、より下の世代にはそういった感覚はないらしい。なんでもかんでも「ウザい」「イタい」であり、「キライ」と言う場合は滅多に無いのである。なぜなのか。

思うに、「キライ」と言ったのでは「キライ」と言っている側の主観が判断基準の全てになってしまうから、ではなかろうか。そう、「キライ」という語句は、「けど、これを嫌うなんて、もしかしたら、自分の理解力や審美眼や価値観がダメなだけなのかもしれない、それを思えば、うかつに『これ、キライ!』だなんて言えない……」という恐怖と隣り合わせの言葉なのである。

その点、「ウザい」「イタい」ならば、一見、自分以外の他者も認める「客観的な評価」に基づいた上で発せられた言葉のように感じられる。そしてその度合いは、「ウザい」よりも「イタい」の方がより強い。

つまり、「イタい」という語句を使えば、「私に『イタい』と思わせる側がダメなんだ、私の理解力や審美眼や価値観がダメなわけじゃないんだ」と、自分も、そして他者をも、共に言いくるめることが可能となるのである。

が、所詮これはごまかしである。「大嫌い！」なら「大嫌い！」と書けばいいのに、と私などは思うのだが団塊ジュニア以降の世代にはどうしてもそれが出来ないらしい。そんなに怖いのだろうか、自身の主観をさらすことは。

思えばその萌芽は、団塊ジュニアが「イチゴ世代」と呼ばれていた頃からあった。

お客「ねえ、これかわいくない？」

私（「かわいい」なら「かわいい」と言えーっ!!）

当時、ティーンズ向けショップで働いていた私は、売り場で商品整理をしていた際、買い物中のティーンズ同士のこんな会話を耳にしては、心の中でこんな風に苛立っていたものである。が、あの頃はまだネットがなかった。そのため、心に思ったことを他者に伝えるには口に出して言葉にするしかなかった。しかし今は違う。

「嫌い！」だなんて主観に満ちた言葉を口にする根性は無いけど、でも、気に入らない奴の悪口は言いたい。

そんなメンタリティの持ち主が匿名で発言出来る場だからこそ、「低能、低学歴、朝鮮、生きる価値なし、精神異常者、デブス、頭悪そー、白痴、ゴミ、ババア、高卒」等の言い回しが、

「流行語」と呼べるほど頻繁に目に付くのである。

が、「嫌い」という語句を放棄するということは、自身の主観による価値判断を放棄している、というだけでなく、客観的な評価に則ったものである「ような気がする」誹謗中傷罵詈雑言を、無抵抗に使える人間になってしまう、ということでもある。

正論っぽいことを口に出す勇気はなく、いや、そもそも、何が正しいのか、判断するために必要な知識も能力も身につけないまま「社会人」「有権者」となった層が、今の日本のボリュームゾーンである。が、私は彼等の「愚かさ（はっきり言わせてもらおう、あいつらは「愚か」なのだ）」の巻き添えになるのはまっぴらなのである。

——初出『月刊連合』二〇〇四年五月号

「皆と同じはイヤだけど皆と違うのはもっとイヤ！」

右を向いても左を向いてもコーチである。東宝劇場のように、客席のほとんどが女性、といった場では、あまりにも多すぎてもはや数え切れないほどである。私が子供の頃、「ワーゲンを五〇台数えられたら願い事がかなう」というおまじないが流行ったことがあるが、もし今、「コーチを持った人を五〇人数えられたら願い事がかなう」というおまじないが流行ったならば、日本中の人が幸せになれると思う。

とまあ、女の人には自明のこととして話を始めてしまったが、男性読者の中には「コーチって何？」という人も少なくないだろう。そんな人のために簡単に説明すれば、「Cという文字が向き合ったマークが一面に描かれたバッグのこと」を言っているのである。コーチというブランドが日本に上陸してから大分と経つし、その柄以外のバッグも作ってはいるのだが、「Cという文字が向き合ったマークが一面に描かれたバッグ」＝「シグネチャー」シリーズが登場して以降、一気に大ブームとなったのだ。

ブームの兆しが見えた頃、アメリカ出身の女社長さんに、「最近日本の女の子にコーチが大人気ですよ」と話したところ、「コーチは安いものね（笑）」という答えが返ってきた。確かに、似たような用途・サイズのルイ・ヴィトンに比べれば価格は約三分の一、といったところか。エルメスと違い、親が娘に買ってあげたからといってその家の格が上がるわけでもないし、修理しながら三代にわたって使うほどのものでもない。だけど、ブランド物であることには間違いはないし、バリエーションも豊富だから使い勝手のいいものが誰でも一つぐらいは見つけられるし、というわけでこの大人気ぶりなのだろう。

ブランドバッグというものが流行るきっかけとなったのは、七〇年代のルイ・ヴィトンブームである。当時小学生だった私の場合は、『ノンノ』のヴィトン特集のページを見ても「なんや辛気臭い色と柄やなあ」と感じただけで、あんまりそそられはしなかった。が、少なからぬ女達が、このバッグがいかに使い勝手が良くて頑丈か、そして何よりも、いかに由緒正しいか、を解説した記事に後押しされ、ヴィトンに魅せられたのは歴史的事実である。そう、男達が「いつかはクラウン」だったなら、この時代の女達にとっては「いつかはヴィトン」だったのである。

やがて、「女でも働いていい」「女が自分で稼いだ金を自分のために使ってもいい」という空気がようやく日本でも広まったこと、更には、いつの間にか「円」が強くなっていたこととも相まって、ヴィトンだけでなく、エルメスだのシャネルだののブランドバッグを手に入れるのは「当たり前」という時代がやってくる。特にエルメスの場合は、「なんでたかがバッグがこんなに高いんだ⁉」という気分を最もわかりやすくかきたててくれる価格だったため、男性向け雑誌にも、「エルメスに夢中になる女達」といった類の記事がしばしば登場した。そういう意味では、コーチ人気の場合は、「記事にしにくい」というわけで、ほとんどの男性達が気付かぬうちに事態はここまで広がっていたのである。

今人気のバッグとしては、エルメスのフールトゥも挙げられるが、その浸透度はコーチの比ではない。にもかかわらず「流行ってるなあ」と感じられるのは、「のようなバッグ」＝「幅広の持ち手がボディに縫い付けられたキャンバス地の横長バッグ」がエルメスの十分の一の価格で買えたりもするため、「エルメスじゃなきゃあイヤ！」な人達以外の間でも、「荷物がたくさん入って持ちやすいバッグ」として受け入れられているからである。つまり、フールトゥおよびフールトゥのようなバッグは、ブランド人気の結果として、というよりも、むしろそのスペックによって、ブランドに興味がないタイプの人にも受けているのだ。

が、コーチの場合は違う。もちろん、最終的には価格や使い心地によってそのバッグは選ばれたのだろうが、やはりあくまでも「コーチ」であることが重要なのである。

とはいうものの、最初に述べたように、コーチはそれほど権威のあるブランドというわけではない。「ブランド物を手に入れる理由の一つ」＝『こんな高級なもの買っちゃった、うれしい！』という気分を満たしてくれる」、という意味では、いささか心許ないブランドなのである。また、似たような価格帯で同様のバリエーションの豊富さを持つブランドには、バーバリー・ブルーレーベルやディオール、グッチ（ま、コーチよりはちょっと高いが）もある。にもかかわらず、私よりも若い世代の女の子の間では、ひたすらコーチなのである。なぜこうなったのだろうか。

「こんなに流行っているけれど私と全くのお揃いに出会う確率はかなり低い」

結局、買い手にそう思わせることに成功したから、なのだろう。「ブランド物＝希少品」と思わせるのではなく、「コーチは色・型・サイズを豊富に展開した上で大量のバッグを市場に流通させている」と思わせることにした、だからこそ、コーチは他のブランドに差をつけることが出来たのだ。しかし、ではなぜ、そう思わせることが重要だったのか。

「他の人と全く同じはイヤだけど、皆と違うのはもっとイヤ」

そう、これこそ、紺ブレを流行らせ、くしゅくしゅソックスを流行らせた、「団塊ジュニア」以降の日本の若者の行動原理だからである。最も重要なキーワードは「皆と違うのはイヤ」、だったのである。

コーチの異常繁殖には、これと同様のメンタリティが影響していると思うのは、私が「ＤＣブランド世代＝コム・デ・ギャルソンであれピンクハウスであれ、自分に似合っていようがいまいが、財布の許す限り、とにかく着たいものを着る」だからなのだろう。

ちなみに私個人が今欲しいと思っているバッグは、「Ａ４のファイルケース＋α（傘、オペラグラス、ポーチ等々）が入る、横長、肩かけ＆手提げ両方が出来る長さの持ち手である、底にマチがある、上部の口はファスナーではなくマグネットである、ボディが布で持ち手が革、無地ではなく魅力的なプリント物」というものである。そういったバッグを探していた折りも折り、宝塚宙《そら》組公演の観劇前、ほぼこの条件にあてはまるバッグをゴルチエで見つけたのだが、その日の客席でまさにそのバッグを持っている女の子を見かけてしまい、たちまち気持ちが萎えてしまった。

「やっと見つけた、と思ったのに……」

「皆が持ってるから」欲しくなる今時の女の子と違い、「他の人が持ってるから」欲しくなくなる、それがＤＣ世代女の「悲しい性《さが》」なのである。

――初出『ＳＩＧＨＴ』二〇〇四年夏号

「知らない方が偉い」!?

視聴者からのリクエストを元に過去のヒット曲を紹介する番組のランキングに「戦争を知らない子供たち」が入っていた。「戦争を知らない子供たち」とは、すなわち「団塊の世代」のことである。が、この曲を初めて知った時には、「団塊の世代」＝「あの戦争が終わった後に生まれた世代」といった認識は私にはなかった。まだ子供だったため、「あの戦争を体験しているか否かによって人間の価値観は異なる」という考え方自体を知らなかったのだ。段々と年を取り、世の中のことがわかるにつれて、「あの戦争はどういう戦争だったのか」「あの戦争を体験している人間はどういった価値観を持つに至ったのか」「あの戦争が終わってから生まれた人間とはどういった価値観の持ち主なのか」等々がわかるようになった。その結果、「戦争を知らない子供たち」という歌を歌い、そしてそれを支持した人達が、どういった立場にある人達なのかについて理解できるようになった時、私は彼らの価値観に嫌悪感を覚えた。

「何をそんなに偉そうに開き直ってるんや!?」「『知らない』ことがそんなに自慢なんかい!?」、と。

「団塊の世代」について、拙著『若者はなぜ怒らなくなったのか』で主張し、各紙誌書評でも最も受けが良かったのは、「団塊の世代＝目上の人間に対しては如才なく振る舞い、目下の人間に対しては尊大に振る舞い、対等とみなした相手とはやたらつるみたがる」という一文だった。これはあくまでも、私が見知っている時期以降の団塊の世代、すなわち、学生運動だのなんだのといった「怒れる若者たち」という時期を終えて以降の団塊の世代の姿である。とはいえ、その態度からは「目上の人間に対して如才なく振る舞っている」ものの、実は心の奥底では……といったものも感じられた。そう、彼らは、権威だの体制だのといったものにつっかかることこそ「正当な怒りの発露である」と認識していたのだ。

そんな彼らの価値観を、「知る」「知らない」という面に着目して言い換えてみるならば、自身よりも目上の人間や、自身の経験していないことを経験している人間に対して、「知ってるからって偉そうにするな!」とつっかかっていくことをよしとする態度である、と言える。

「知ってるからって偉そうにするな!」

そう、これもまた、団塊の世代ならではの価値観だと言えるのだ。こういった価値観を信奉しているからこそ、「戦争を知らない子供たち」といった内容の歌を、嬉々として歌い、支持する事が出来るのである。とはいえ、そんな彼らの価値観が、単に「懐メロ番組」の順位に影響を及ぼすだけなら、私もどうこう言うつもりはない。

突然話は変わるようだが、いよいよ自衛隊がイラクに出兵した。この原稿を書いている時点では、まだ誰も殺されていないし、殺してもいないのだが、これが印刷される頃には果たしてどうなっていることやら、といった状況である。ところが、そこまで事態は差し迫っているというのに、「反戦」を望む空気が薄いのである。なぜか。

「団塊の世代＝目下の人間に対しては尊大に振る舞い、対等とみなした相手とはやたらつるみたがる」が、「今一番『偉そう』にしていられる価値観」＝「国際貢献のためにイラクへの派兵を認めることこそ良識ある大人として最も望ましい態度である、と主張すること」を選ぶのは、これはもう仕方の無いことだと思う。が、若者は違うはずだ。私の世代よりも若く、人数もはるかに多い団塊ジュニアは、なぜ「イラク派兵反対！」という思いを抱かないのだろうか。

「わからないから」

多分、答えはこれに尽きるのだと思う。四三頁で私は、〈「人を殺したことがないからわからなくてもしょうがない」「人に殺されたことがないからわからなくてもしょうがない」……そう、何もかもを「知らなかったんだからしょうがない」「わからなかったんだからしょうがない」で片付けてしまう。それが今時の日本の若者なのだ。〉という旨のことを書いた。つまりは、イラク出兵によってどんな結果が出るかが想像できない、想像しようにも想像するために必要な知識や経験が何もない、それが私よりも若い世代の中での多数派の姿なのである。

しかも、である。団塊ジュニアにとって、「知らない」ことは「恥ずかしい」ことであるどころか、むしろ「晴れがましい」ことでさえある。「知らない方が偉い」とさえ言えるのだ。なぜこうなってしまったのか。

「知ってるからって偉そうにするな！」

そう、これこそが、彼らの親をはじめとして、彼らの周囲にいる大人達が、心の奥底に抱えていた価値観だったから、である。そして団塊ジュニアは、そんな親の本音を敏感に嗅ぎ取ったのである。人間は易きに流れるものなのだから、団塊ジュニアの多くが、「がんばって知識を身に付ける必要なんてないんだ」、と思い込むことにしたのも当然ではある。

くびれの世代の中でもとりわけ知識欲の強かった層が「おたく」と呼ばれるようになったこともまた影響した。「おたく」と呼ばれた当人は、別に気にはしなかったのだが、「おたく」ではない人達は、「ああ、フツーよりも深い知識を身に付けたりしたら、フツーの人の仲間には入れてもらえなくなるんだな」と考えるようになり、結果、ますます「知りたい」という意欲は、マジョリティの中から消えていったのである。元々意欲が無いのだから、知識が身に付くわけがない。かくして日本には、「人を殺すとはどういうことか」「人に殺されるとはどういうことか」「他国に出兵するとはどういうことか」について考えようにも、真っ当な答えを出せるだけの知識を持ち合わせてはいない人間ばかりがあふれることとなり、「イラクに出兵したからって何がどうなるかがわかんないんだから、別に反対しようとも思わない」という空気が大勢を占めることとなったのである。

二〇〇四年二月三日、千歳空港から陸上自衛隊の本隊が出発する様を映したニュース画面は、「映像の20世紀」というドキュメンタリー番組に色がついたようだった。戦争をすることで「利益」を得られるおっさん達が戦争に賛成するのはともかく、何の利益もないおばさん達（多分、隊員の家族）が、笑顔で日の丸を振っている姿はやりきれない。「映像の21世紀」が作られた時には、この日の映像が「こうして日本は再び過ちを繰り返すこととなった」というナレーションと共に放送されることだろう。

――初出『月刊連合』二〇〇四年三月号

「決まっちゃったことはしょうがない」⁉

宝塚歌劇団のリストラ

二〇〇〇年六月一日、宝塚歌劇団から、ある組織改革が発表された。各組の二番手および三番手スターを組から脱退させ、新たに作られた「スター専科＝通称・新専科」に配属する、というものである。

「組制度にとらわれることのないキャスティングを実現させることで、公演の活性化を図る」

これが公式に発表された理由だったが、実質的には「次代のトップスターをより下の世代から選ぶため、各組の二番手および三番手スターをトップスター路線から外す」という意味で行われた人事異動であることは明らかだった。いや、少なくとも、昭和の「ベルばら」ブームによってヅカファンになった、「くびれの世代」ファンにとっては明らかなことだった。これまでも、世代交代を目的とした、「とばし人事」はしばしば見られたことだし、口ではきれいごとを言ってはいても、「要するに、そういうこと」だということは、別に劇団内部に知り合いのいない一介のファンであってもうかがい知ることが出来たからである。

とはいえ、これまでであれば、「実はそういうこと」だということが、内外共にわかっていたとしても、退場させられる側とその周囲の者は、前向きな理由を述べて劇団を去っていったものだし、新たに抜擢された側とその周囲も、それなりの気の使い方をしていたものである。ところが、これまでの人事異動とはいささか様子が異なり、新専科制度発表時の劇団は、そういった気配りをしようとはしなかった。

「本当の目的はリストラである」

このことを隠そうともしない、ミもフタもなさが感じられたのである。阪神大震災以降の経営状況の様々な変化が、宝塚歌劇団にも悪影響を及ぼしていることはそれまでもうかがうことが出来たが、この時の人事異動はあまりにもあまり、なやり方だった。「宝塚は夢の花園」というイメージを作り上げることでチケットを売ってきた会社としては、かなり配慮に欠ける形での人事改革だったために、結果として、劇団内に、そしてファン達の間に、殺伐とした空気が生まれたものである。「辞める人は辞め、残る人は残った」という意味で、新専科制度がめざした改革のほとんどが完了した現在であっても、あの時のことが原因で生まれた殺伐さは、劇団の内外でいまだ尾をひいている。

しかし、そのことに加えて、長年のヅカファンであり、なおかつ、均等法以前から働いている世代の女の一人である私にとって、更に不快だったことは、「宝塚番」をしていた男性記者達による、この人事異動に対しての反応だった。

「要するにリストラや（笑）」

「ババアはいらん（笑）」

「年寄りは新専科に（笑）」

宝塚ファンならば、名前をきけば「ああ、あの」と思うであろう男性記者達が、忌憚のない本音を漏らしている場に、私は立ち会ってしまったのである。

ペン先では「宝塚は日本が生んだ総合芸術で云々」と書き散らしている彼らが、本音では、「若くてきれいなオネエチャンが水着に近い格好で歌ったり踊ったりしてくれるし、マスコミ関係者が集まる場ではお酌したりして機嫌をとってくれるし、いやあ、極楽極楽！」といった程度のことしか考えていないことぐらい、女の私から見れば疑うまでもないことではあったし、そんな彼らの本音自体には、今更驚くはずもなかった。

私が憤ったのは、劇団側が、何らオブラートにくるむことなく、「若返りのための組織改革」

を公に発表したことによって、彼らが、「自身の本音＝宝塚なんて若くてきれいなオネエチャンが集まってるだけが取り得」を、おおっぴらに公言することを許してしまった、ということである。劇団の側が、「実力があって男役の美学を身に付けた世代のスターよりも、若くてきれいなオネエチャンの方を大事にします」と言っているのだから男の新聞記者たちが本音を口にすることを遠慮する理由などまったくない、というわけである。

「腹の底では女をバカにしている輩に、そのことを公言するチャンスをわざわざ与えてやるなんて……」

とまあ、こんな意味でも私は、劇団の組織改革に対して、怒りを覚えたのである。

「世代」による差

が、私よりも若く、社会的に物心がついた時点では既に均等法の存在が当り前となっていた、団塊ジュニア以降のファンの反応は違っていた。

「決まっちゃったことはしょうがない」

「劇団は公演の活性化のためだと言ってるんだから信じましょう」

とまあ、ひたすら、「お上の決めたことに文句を言ってもしょうがない」、という反応がほとんどだったのである。宝塚スターの組替えといっても、要は、たかが一私企業の「人事異動」なのであり、顧客が騒ぎさえすればどうにでもひっくり返せるというのに、だ。

「ああ、そうかあ、国防婦人会ってこういう人達が作るんだあ」

そんな彼女達なのだから、こういった制度改革を行えば、腹の底では宝塚をバカにしている人間達が、宝塚をおおっぴらに「笑いもの」にするであろう、という現実に対する想像力も、ましてや、そういった輩に対する憤りも、抱くはずもなかった。

より若いファン達によるこれらの反応は、私と私よりも若い世代の女の子達との価値観の相違にまつわる様々な驚きを私に与えた。

まず第一には、「世の中」というものを知っている人間であれば、「リストラ」こそが目的であり、「公演を活性化」は方便でしかない、ということが明らかな状況であるというのに、劇団の方便を素直に真に受けている人間が多い、という意味での「世間知らずゆえの純真さ」「洞察力のなさ」に驚いてしまったのである。

第二には、今までのやり方と比べた場合にも、あるいは、劇団の顧客層を考えた場合にも、明らかに「このやり方はまずい」「もっとうまいやりようがあったんじゃないのか（今まではもっとうまくリストラしてきたじゃないか）」と思える状況だというのに、私より若い世代のファン達は、劇団のやり方に異を唱えることなく、「決まっちゃったことはしょうがないでしょう」「決まっちゃったことに文句を言うなんて、大人気なくて分別が無い人間のやることですよ（失笑）」といった反応ですませてしまうことが多い、ということに驚いてしまったのである。

そして第三には、前述の新聞記者たちの発言のように、「女子供」のことを腹の底ではバカにしている人間が、そのことを露骨にぶつけてくるであろう状況に接した時でも、「フツーの男は女のことを腹の底ではバカにしている」という事実自体に気付かずにいる人たちが少なくないということ、そして更には、たとえ女のことをバカにしている男と接する機会があったとしても「それは大した問題じゃない」とばかりにやり過ごせる人たちが多いということ、これらの現実に驚いてしまったのである。

「均等法」と「不況」

しかし、ではなぜこうなってしまったのだろうか。

その理由として、「均等法の認知度のアップ」および「不況」が挙げられる。

すなわち、均等法施行前ならば、「要するに、男は女をバカにしている、男社会は女を差別している」ということが理由となって、女は様々な不利益を被っていた。男も女も、そのことを認識していたし、その上で男は、「だけどこれが日本の現実なんだ、女のくせに文句を言うな！」と強弁してきたのである。つまり、男であれ女であれ、男という「女にとっての他者」が女に対して抱く「悪意」の存在については、誰もが認識していたのである。

その種の悪意に対して闘いを挑むか、さっさと降参するかは人それぞれだったとしても、「悪意の存在を認識している」という意味では一致していたのである。

が、今では、均等法が存在していること自体は、「当り前」のこととなった。男が女という他者に対して、露骨に「悪意」をしめすことは、建前上「してはならないこと」となったのである。

ところが、そういった建前の浸透と並行して、日本経済は「不況」を理由に、人減らしを進めたり、正社員の雇用を控えたりすることとなっていった。その結果、実は単に、「男という他者による女への悪意」がその根本原因である場合であっても、「不況」が理由に使われるようになっていったのである。

私のように、男が女への「悪意」を隠さなくてもよかった頃の社会を経験している世代であれば、その行為の理由が、「不況」であるのか、あるいは単に、「悪意＝とある個人の人間的資質に基づく不当なもの」によるものかは、容易に判断できる。

が、私よりも若い世代は違う。「他者からの悪意＝とある個人の人間的資質に基づく不当なもの」によってもたらされるものであるか否かを見分ける能力を、彼らは身につけてはいないのだ。これは何も、女に限ったことではない。建前の上でだけ、「人間は皆平等である」というお題目が浸透した社会の中で育ってきた彼らは、「他者への悪意に基づいた不当な行為」というもの自体に慣れておらず、そのため、その種の「悪意に基づいた不当な行為」に対して、実にもろい面があるのである。

「他者からの悪意」への鈍感さがもたらすもの

新専科制度発表から数年、イラクへの派兵がなし崩し的に肯定され、様々な戦時用法案が可決され、「似非エリート教育＝私立に通ったり塾に行ったりしなければいい点が取れない、二流エリートのみを大事にする教育」が実施されようとしている今、改めて思うことは、「新専科制度発表」時に、自分よりも若い世代が抱いていると知った様々な価値観、すなわち、「世間知らずゆえの純真さ」「洞察力のなさ」「怒るべき時に怒らない、という意味での有害な分別くささ」「他者の悪意の存在に対する鈍感さ」「他者の悪意に気付いても無視する鈍感さ」は、決して、「宝塚歌劇団の人事異動に対してのヅカファンの反応」といった、些末な出来事のみにあてはまることではない、ということである。

つまり、イラク派兵だの、様々な戦時用法案だの、似非エリート教育だのに対して、何らかの答えを出さねばならなくなった時、くびれの世代よりも下の世代は、「世間知らずゆえの純真さ」「洞察力のなさ」「怒るべき時に怒らない、という意味での有害な分別くささ」「他者の悪意の存在に対する鈍感さ」「他者の悪意に気付いても無視する鈍感さ」といった価値観によって、対応し、判断しようとしているのだ、と言えるのである。

政治家としてであれ、財界人としてであれ、教育者としてであれ、今の日本を仕切っている側の人間の抱えている思想とは、すなわち、「いい家に生まれなかった人間などどうなってもいい」、というものである。なぜならば、今の日本では、「仕切る側＝いい家に生まれた人間」という図式が当り前になっているからである。

少し前の時代ならば、「そういった考え方はよくない」と考える層が日本を仕切っていた。敗戦を経験したことによって、「それまでの日本の悪しき点」を否応無く認識させられ、「これからはそんなことのないようにしよう！」と考える世代が、社会の上層にいたからである。

が、彼らは次第に引退し、「戦争を経験していない世代＝それまでの日本の悪しき点を改善しよう、という意識のない世代」が、段々と権力を握るようになった。その象徴が小泉内閣である。就任当時、マスコミ人達は、「若い総理大臣が誕生した、世代交代がなされた」と浮かれていたが、私には、その「若さ＝戦前の日本の悪しき面を身をもって体験しているわけではない」こそがうさんくさく思えたものである。まあ、あの時点でマスコミを仕切っていた人間とは、すなわち、「団塊の世代の男達」だったのだから、彼らに期待をする方がどうかしている、と言えるのだろうが。

ともあれ、仕切る側がこういった「悪意」に基づいて行動しているというのに、仕切られる側の若年層は、「彼らの本音＝いい家に生まれなかった人間などどうなってもいい」の存在にすら気付いていない。

気付いたところで、「決まっちゃったことはしょうがない」で納得してしまう、「有害な分別くささ」を身につけた彼らは、そのことを不満に思うこともない。

場合によっては、「仕切る側の言動」に同調することで、自分もまた「仕切る側＝いい家に生まれた側」の気分を味わって悦に入っているという体たらくである。アホである。

所詮彼らは、「一生、仕切られる側」＝「いざという時には切り捨てられる側」に過ぎないというのに、だ。

「ここで辞めるわけにはいかない」という生き方

ところで、前述の制度改革によってリストラされた側のタカラジェンヌ達だが、そこはそれ、

〈「嫌なら辞めろ」という扱いを受けた時、「ここで辞めるわけにはいかない」と考え、行動するのが新人類〉世代の彼女達である。もちろんイメージ商売であるのだから、見苦しく騒いだスターはいなかったが、劇団からの肩たたきに素直に応じた、という形の辞め方をしたスターもまたいなかった。皆、骨のある態度で臨んだのである。そうなのだ、既に暦は二〇〇〇年を過ぎてはいたが、「『他者』と戦ってでも自分の欲望を満たそうとがんばった」という意味では、八〇年代に宝塚に入団した彼女達もまた、「フェミニズムのようなもの」の体現者だった、と言えるのである。

そんな彼女達の姿から、「嫌なら辞めろ」という扱いを受けた時、「ここで辞めるわけにはいかない」と考え、行動する、というやり方もあるんだ、ということを、私よりも若い世代のヅカファンも知ってくれればいいなあ、と思ったのだが。

その後のファン達の言動を見聞きする限り、やはり、「私よりも若い世代に夢を抱いてはいけない」というのが現実のようである。そしてそのことは、決してヅカファンだけにあてはまることなのではない、ということもまた事実のようである。

つまりは、「他者の悪意」に鈍感な人間が多数派をしめるようになったこともまた、「八〇年代的な空気」＝「『悪意を持った他者』と戦ってでも自分の欲望を満たそうとがんばる」＝「フェミニズムのようなもの」が失われた原因の一つだと考えられるのである。

「2ちゃんねる的なるものとは何か」

2ちゃんねるとは何か

イラク民間人人質事件、小泉首相訪朝、そして長崎女子児童殺害事件など、最近話題となるニュースの場合、事件そのものに関する報道だけでなく、それに関連して、「2ちゃんねるに中傷の嵐」「荒れるネット掲示板」といった記事が添えられることが少なくない。何か大きな出来事が起きた際には2ちゃんねるに注目しなくては、といった動きが近頃のマスメディアでは目立つのである。とはいえ読者の中には、「そもそも2ちゃんねるとは何なのか?」といった疑問を抱いている人もいるだろう。そこで今回は、二〇〇三年末に発行した拙著『声に出して読めないネット掲示板』(中公新書ラクレ)をふまえて、「2ちゃんねる的なるものとは何か」

というテーマについてを、ちょっと語ってみようと思う。

パソコンをインターネットにつないで「2ちゃんねる」というサイトを探し、最初のページに書かれた「2ちゃんねるの総合案内」という部分をクリックすると、次のような文章が出てくる。

2ちゃんねるって誰がやってるの？
永遠の19歳、うまい棒が大好物のヒッキー、ひろゆきが個人で運営してます。。。

2ちゃんねるとは、一九七六年生まれであるものの、自らは「永遠の19歳」と名乗る、「ひろゆき」こと西村博之によって創設された個人サイトの名称なのである。このひろゆきという人は、なかなかつかみどころのない人物らしく、「なぜ2ちゃんねるをはじめたんですか？」という問いに対しては、「暇だったから」、と答えるのが常である。この、ちょっとすっとぼけた若者が作り出した「匿名掲示板」が今では、何か事件が起きた時には、「マスメディアにはまだ流れていない（わかっていてもマスメディアでは報道することが出来ない）情報が欲しい」「その事件に対する自身の意見を他者に向けて発信したい」等と考える人間が集まり、大量の情報のやり取りを行う場として、日本で最大規模のものとなってしまったのである。

「ネット掲示板＝たとえ面識がなくとも、インターネットによってつながってさえいれば意見のやり取りが出来る場」自体は、2ちゃん以外にも存在する。が、こういった場でのやりとりは、書き込みをした人間が果たしてどこの誰なのかを知られずにすむ、という点をいいことに、誹謗中傷罵詈雑言の山となってしまう恐れがままある。そこで、たいていの掲示板ではこの種の弊害をとりのぞくため、たとえば、複数の書き込みが同一人物である場合にはそのことが読んでいる側にもわかるよう表示する等、なんらかの対策を講じるのが常である。が、ひろゆきは違った。


「嘘は嘘であると見抜ける人でないと（この掲示板を使うのは）難しいでしょうね」

（西鉄バスジャック事件関連で、ひろゆきが「ニュースステーション」に出演した際のテロップ）


だからぼくは検閲のような真似はしない、有象無象の書き込みを真に受けるか否かは自分で判断してくれ、というスタンスに則り、2ちゃんねるを運営しているのである。そのため、「他のサイトには書き込めない」誹謗中傷の類がますます集中するようになったのである。

日本生命、谷澤動物病院、DHC化粧品あるいは女性麻雀プロ等が、書き込みの削除や発信者情報の開示を求めて訴えを起こした際には「書き込みをした人間」ではなく「2ちゃんの管理人＝ひろゆき」が被告となっている。敗訴することもしばしばだが、争うことをやめないあたり、ひろゆきのひろゆきたる所以である。

2ちゃんねるの中は、最初のページの左側部分に並んだ小見出しによって様々な分野に分けられている。その分野のことを「板」と呼ぶ。私がよくのぞくのは、「宝塚・四季」板、「少女まんが」板、「一般書籍」板等である。こんな感じでジャンル分けはなされている。

そしてそれぞれの板の中には、更に細かい「スレッド」（＝スレ）が存在する。「宝塚星組公演」スレ、「こんな宝塚は○○だ」スレ、「矢沢あい」スレ、「香山リカ」スレといった具合である。

ちなみに、ニュース速報板では、長崎女子児童殺人事件に関するスレが、事件発生から二週間程の間に一七〇以上立った。

87 ：番組の途中ですが名無しです　：04/06/02 17：48 ID：XXXXXXXX
左から2番目の子が加害者という説あり。
黒服にNEVADAと書いてあることからネバダ、ネバ子、和田勉（Wを＋した逆読み）などと呼ばれる。

こんな調子で、加害者の本名、住所、出自、顔立ち、雑誌ではモザイクがかけられていた加害女児の写真の無修正版等についての書き込みが、2ちゃんには氾濫したのである。匿名で書き込むことが出来るため、「学校や会社等自分の正体がバレている場では口にすることが出来ない類の不謹慎なこと」であっても、安心して書き込むことが出来るからだ。「現実の世界ではしてはいけない、ということになっていること」をやってみたい、という思いに支えられて成り立っている場、それが2ちゃんねるである。しかも2ちゃんねらーには、バッシングの対象が複数ある場合には「最も大きなムーブメント」となっているバッシングに乗っかりたがる、という傾向がある。つまり、書き込みの主が特定出来ないにもかかわらず、言い換えれば、何をやってもバレないにもかかわらず、所詮彼らの行動原理は「皆が叩いているから僕も叩こう！」なのである。

拙著『声に出して読めないネット掲示板』で取り上げた、二〇〇三年夏の「折り鶴オフ」の場合は、夏休み前半だったということもあり、普段よりもより広範な層からの大量の書き込みがあったために、普段とは異なり、「大きなムーブメント」が複数存在するという状況が起き、その複数のムーブメントが互いにぶつかり合う混沌が面白かったわけだが、あれはまさにひと夏の「僥倖」と呼べる出来事であり、もはやあのような事態は起きないものと思われる。

では、2ちゃんねるに書き込みをしているのは具体的にはどんな人達なのか。そのことを説明する際、私は、「就職した時点でパソコンを使うことが既に当たり前になっていた世代」が中心である、と言うことにしている。つまり、かつて「新人類」と呼ばれた私の世代よりも下の世代とはいえ、「もう、結構いい大人」が中心なのである。

もちろん今では、老若男女を問わず、ネットにつながっては、好みのサイトを楽しんでいる人達が少なくない。が、「二〇代後半から三〇代の男性」以外の層がネットを楽しむようになった時点、すなわち、家庭用パソコンでネットに常時接続出来る、という状況が広まった時点では既に、ネットならでは言い回しだの、ある種の「殺伐とした空気」だのは出来上がっていた、と考えられる。そして、それらを生み出す原動力となったのが2ちゃんねるなのだ、と言えるのである。

差別を肯定する2ちゃんねらー

「二〇代後半から三〇代の男性」以外の層がネットにつながるようになった時点で既に仕上がっていた、ネットならではの言動として、「差別を肯定した上で成り立つ殺伐とした内容の書き込み」が挙げられる。たとえば、次のような書き込みのことである。

139 名前：名無しさんの主張　：04/05/27 20：59
悔しいか？バカチョン。
キャハハハハハハハハ　　　～♪

とまあ、この種の書き込みが、2ちゃんねるを筆頭とする匿名掲示板では珍しくないのである。書き込みの主の属性は匿名掲示板ゆえにわからないが、在日の人が、こういった捨て台詞を書き込むとはちょっと考えづらい。あるいは、

602 名前：吾輩は名無しである　：04/02/18 23：29
女で政治思想うんぬんを語っている奴が居たら怖いな（笑）。

こういった書き込みもまた珍しくはないのだが、これについてもまた、女が書き込んだとはやはり考えにくい。

1 名前：普通学歴 04/05/29 10：01

しかし知的障害者の分際で、身の程を弁えず
調子に乗って人並み以上の権利を要求している高卒を
目の当たりにすると、何様のつもりなんだろうと思う

こういった書き込みについても、同様の推測が出来る。

ということは、つまり、真っ当な神経の人間ならば「見るに耐えない」と感じるような差別的な書き込みをする人間とは、おそらくは、「在日ではなく、女ではなく、低学歴ではない人間」だと考えられるのであり、それはすなわち……。

いや、いささか結論を急ぎすぎたようだ。それに、では、そういった推測にあてはまらない人間は、その種の書き込みをしないのか、というと、決してそうではないとも言えるのである。

「私は女だけどー、在日じゃないしー、低学歴じゃないしー」

こんな風に考えた結果、たとえ女であっても、真っ当な神経の人間ならば「見るに耐えない」と感じるような差別的な書き込みをしてしまう、そんな場合はやはり有り得るのである。

ともあれ、ネットの匿名掲示板とは、在日であるとか女であるとか低学歴であるとか等の、現実の世界の中でも「差別されてしまう」側の人間をバッシングすることに喜びを見出す、そんなタイプの人間にとって、心地いい空間なのである。

だが、現実の世界の中では「差別されてしまう」要素であるのに、なぜかネットの中ではそのことをバッシングする書き込みが見当たらない属性がある。すなわち、「低所得者のくせに」、だ。

ありとあらゆる差別がうずまいている、と言えそうな匿名掲示板なのだが、この種の書き込みは、意外と見当たらないのである。なぜか。

「バッシングしている人自身がそうだから」

もしかして、これが答えなのではないのか、最近の私には、そんな風に思えてきているのである。つまり、真っ当な神経の人間ならば「見るに耐えない」と感じるような差別的な書き込みをする人間とは、おそらくは、「在日ではなく、女ではなく、低学歴ではないものの、しかし、低所得な人間」なのではないのか、そんな風に推測される、ということである。そして、そう考えれば、何ゆえネットの匿名掲示板には差別的な書き込みが多いのか、という問いの答えがなんとなく見えてくるような気がするのである。

経済格差を認めるか認めないか、現実の問題としてはもう我々に選択肢はないのだと思っています。みんなで平等に貧しくなるか、頑張れる人に引っ張ってもらって少しでも底上げを狙うか、道は後者しかないのです。

（竹中平蔵「金持ちはニッポンを救えるか」／『日経ビジネス』二〇〇〇年七月一〇日号）

なぜ「道は後者しかない」と言い切るのか、私には全く納得出来ないのだが、この種のコメントを見かけることは今では珍しくない。つまり今の日本は、「皆でがんばって、皆がそこそこの暮らしを出来る国」から「一部の階層が富と成功を手に入れ、その他の国民はそのおこぼれによって暮らす国」へと変わろうとしているのである。しかも、少なからぬ人間が、その方向を目指している政治家や学者等を支持しているのである。その結果が、「在日ではなく、女ではなく、低学歴ではないものの、しかし、低所得な人間」の増加なのである。いわゆる「負け組」というやつだ。そして、そんな現実社会の動きに並行するかのように、ネット社会の中では、「あからさまな差別」を肯定する動きが活発になっていっている。この両者の間には、果たして何の因果関係も存在しないのだろうか。

「ネットの掲示板の人間関係は現実社会の人間関係と同じ」

ネットで「○○を殺してやる」等の犯行予告をしたり、あるいは、（猫の虐殺映像をアップすることによって）事後報告をしたり、といった事例が起きたため、「インターネットの匿名掲示板は便所の落書き」という言い方でネットがおとしめられた時があった。その際、ネットを擁護、というか、「もっとニュートラルな目で見てくれ」という主張をしていた人達が、しばしば使った言い回しがこれである。確かに、その通りだと思う。だからこそ、気になるのである。ネット上での「あからさまな差別」の肯定と、現実社会での「身分の階層化・収入格差の固定化」の進行とが、シンクロしているのではないのか、と。

「負け組」の憂さ晴らし

生まれや性別等によって人を差別するのは、「無教養な田舎者」の振る舞いであり、戦後民主主義の中で生きてきた日本人の多くは、「教養のある都会人」として見られるよう、つまり、「無教養な田舎者」とは見なされないよう、努力してきたはずである。が、今のネットには、「無教養な田舎者」ならではの価値観に満ちた書き込みがあふれている。しかも、現実の社会に生きる「無教養な田舎者」ならば身につけているはずの、「愛すべき朴訥さ」や「人間としての実直さ」はそこにはない。ただただ、「無教養な田舎者」の悪しき要素のみが、ネットにはぶちまけられているのである。

2ちゃんねるを見慣れていない人間が2ちゃんねるをのぞいた際に感じるのは「なんて殺伐としてるんだろう……」という気分である。この気分は、言ってみれば、無教養な田舎者達がその場にいない人間のことを悪し様に噂している様を聞いている時に感じる「居心地の悪さ」

のようなものである。ところが、そういった場に立ち会うことに対して、「居心地の悪さ」を感じるよりも、むしろ、「お仲間を見つけたことによる安堵感」をこそ感じる人達が今の日本には増えつつあるらしいのだ。

「とにかく他人の悪口が言いたい！」

こんな2ちゃんねらーのメンタリティは、たとえば次のような書き込みからもうかがえる。

04 名前：名無しさんの主張 ：04/05/27 22：57
早く近所に犯罪者が出ないかな。

出たら石を投げて窓ガラス割ったりけしからん家族を道で罵倒したりして遊べるんだが

なんともいやらしい書き込みだが、しかし、こうも言えると思う。すなわち、「たとえ、近所に犯罪者が出たとしても、この書き込みのような行為を実行するだけの根性はこの書き込みの主にはないだろう」、と。

つまり、わざわざいやがらせの電話をかけるほどの行動力と根性を持ったいやらしい人間は一定数存在していたのである、2ちゃんねる登場以前も以後も。ところが、そういった行為をすることによって憂さ晴らしをしたいとは思うものの、それを実行するだけの行動力も根性もない、そういった人間はもっともっとたくさん存在していたのである、2ちゃんねる登場以前も以後も。そして、そんなメンタリティの持ち主がついに見つけた遊び場、それが2ちゃんねるだったのである。

それに加えて彼らには、「勝ち組」ごっこをしている、という面もある。たとえば小泉再訪朝の際には、この種の書き込みが珍しくはなかった。

1 名前：でーなな ◆D7SdbU2xes 04/05/24 16：25
小泉首相のどこが悪いってんだ！ 国交のない外国に2度も行くだけでも充分偉業を果たしているだろうが。首相の代わりに訪朝したいのか？首相に文句しか言えない、拉致被害者の家族たちよ。

とまあ、2ちゃんの書き込みからは、「一億総評論家化」どころか「一億総政府高官化」といった空気が伝わってくるのである。

つまりは、「強きを助け弱きをくじきたい」というのが彼等のメンタリティなのであり、更に言えば彼等は、「バレなければ何をしてもいい」とも思っているのである。なればこそ、「今まではバレたら怖いからやらなかったけど、バレないんだったら」とばかりに、「強きを助け弱きをくじいている」、それが今時の日本人の姿なのである。そして、そんな現実についてを、最もわかりやすくしめしてくれているのが、2ちゃんねるの書き込みなのである。

イラク民間人人質事件の際に起きた「人質家族バッシング騒動」とは、この種の「現実」が、マスメディアを通じて広く報道された最初の事例ではあった。が、「あまりにもひどい書き込みが今まで以上に多かったから」報道された、とは言い難い。むしろ、これまではパソコンに苦手意識を持っていた、そんな世代のマスコミ人であっても、「事件が起きた時には2ちゃんのどんな板のどんなスレを見れば、過激な誹謗中傷の類を読むことが出来るのか」が、この時点にいたってようやくわかるようになったため、ついついはしゃいでしまった、ということではなかったか。それゆえ、「こんなにひどい書き込みが2ちゃんねるにはあふれている、けしからん！」といった報道に力を入れてしまったのだ、と考える方が順当だと思われる。

実際のところ、2ちゃんねるがあまりにもメジャーになってしまった結果、悪貨が良貨を駆逐し、かつてはしばしば見られた「鋭い書き込み」はほとんど見られなくなってしまった、というのが現実である。そのため今では、「ただ単に悪口が言いたいだけ、でもその悪口には切れ味のよさもユーモアのかけらも何もない」といった層だけが残りつつある。つまり、最近になってようやく2ちゃんを読むようになった人達にとっては、「こんなにひどいことが大量に書き込まれている！　大変だ！」と思える状況だったかもしれない。が、それ以前の時期からそれなりに見てきた人間としては、イラク人質事件の時点では既に、「こういう事件が起きても、もう2ちゃんねるは、あんまり盛り上がったりはしないんだなあ」状態に思えた、というのが事実なのである。

この原稿を書いている時点では、長崎女子児童事件にからめて「ネットを通じて行われるコミュニケーションの闇」といった類の記事があふれている。が、最近になってようやく2ちゃんの見方がわかるようになったマスコミ人達の手による報道には実情とはかけ離れた部分がままある、という事実については、心にとめておいて欲しいと思う。

まとめとして

真っ当な神経を持った人間ならば「イヤな気分」になって当然の書き込みに対して、むしろ「スカッとした気分」をこそ味わってしまう、そういった「無教養な田舎者」的メンタリティの持ち主が今の日本では増えつつある、2ちゃんを見ているとそんな現実がよくわかる、と述べた。では、そんな現実がこのまま続けば、果たしてどんな結果へとつながっていくのだろうか。そのことについての私見を最後に書くことで、本稿のまとめとしたい。そう、「2ちゃんねる的なるもの」が蔓延した社会について考えた時、私が思い浮かべるのは次のような情景なのである。

「ビートきよしさんを見るとね、あれだな、戦争犯罪ってのがよくわかるなあ」

――ははは！

「田舎の日本兵が女ヤれるとか、残酷なことする。こういうやつらだよなあ、絶対に」

――ひどいこと言ってますねえ。

「地位も名誉も無い奴が、ただ戦場で進軍して勝ったと思った瞬間に何をやるか。こういう奴らがやるんだよと思ったもん」

（「北野武、ツービートを語る」／『ＳＩＧＨＴ』二〇〇三年一七号）

昨今のきな臭い空気に、賛同の意をしめしている人達は少なくない。その種の意見を見かけるたびに、「戦争になったら強姦し放題だぜ！」という彼らの声なき声が私には聞こえてくる。「男」とは所詮その程度の生き物だ、と言ってしまえばそれまでのことではある。が、だからこそ、こんな状況の中で「女子供カルチャー反戦論」と題された本をわざわざ読んでいる、といった人達には、「無教養な田舎者」が戦場に送られた時に何をしでかすかについての自覚と覚悟を、抱いておいて欲しいと思うのである。

――初出『月刊現代』二〇〇四年八月号

なぜ「二択」しか出来ないのか

「論破好き」なマジョリティ

『大人になった新人類／三十代の自画像』（河北新報社学芸部／勁草書房）や『「おたく」の精神史／一九八〇年代論』（大塚英志／講談社現代新書）といった書籍を読んでみたり、八〇年代の雑誌の数々、たとえば、『アンアン』や『OUT』や『SPA!』を読み返してみたりした結果、改めて気付いたのは、〈「新人類」（≒「くびれの世代」）は「分析好き」である〉、ということである。

が、今の日本のマジョリティを構成している人達、すなわち、全共闘時代に騒ぎたがった団塊の世代やネット掲示板に書き込みをしたがる団塊ジュニアは、あくまでも「議論好き」であり、別に「分析好き」というわけではないようである。

「分析好き」の目的とは「正しい答えを見つける」ことである。他方、「議論好き」の目的とは相手を論破すること、すなわち、自身と見解が異なる他者を打ち負かすことである。

「正しい答え」を見つけることよりも、「他者に勝つ」ことの方が大事。

そう、これこそ、今の日本のマジョリティの心情および行動原理なのである。正しい答えを見つけることよりも、他者に勝つことの方が大事であるならば、「自分はどう思うか」よりも「他者はどう思うか」の方が気になるのも道理である。更に言えば、そんなメンタリティの持ち主だからこそ、「なぜ人を殺してはいけないんですか？」などというきわめて内省的であるべきテーマの答えを、他者に求めようとしたりもするのである。たくもう、どうしても「人殺し」を肯定したいのなら、その理由ぐらい自分で見つけてみやがれ、ってんだ。

とまれ、つまり私が言いたいこととは、「今の日本には、自身と見解が異なる他者を打ち負かすことばかりにかまけている人達が多すぎる」ということである。この種のイライラを私が感じるのは、たとえばとある雑談スレッドが、たかが節分の恵方巻《えほうまき》でもめているのを見た時である。私は関西出身であるため「節分の日には太巻きを黙ったまま丸かぶりしたらその一年を幸せに過ごせる」という風習を子供の頃から実行していた。が、「その年の恵方を向いて」という点は知らなかった。ここ最近、マスコミがこの風習を報じるようになってから知ったのである。「黙って、っていうのは知らなかった」「夜食べないといけない、ときいた」等々、関西出身者であってもその知識は様々で、自身の知らなかったことを聞いては「へえーっ、そうだったんだ」的反応を互いにしていた。ところが、節分前後に開いた、とある雑談スレでは。〈丸かぶりなんかしたことない。なにをアホなことを……と思う〉〈関西ではほんとうに巻寿司を丸かぶりするんですか？関西にお嫁に行かなくて良かった〉〈私ははっきりしたいわれも無いのに流行に踊らされるのは嫌〉〈そんなみっともない格好で物を食べているところを人に見られたくない〉等々、妙に本気で「巻寿司の丸かぶり」を否定するレスが延々と続いており、唖然としてしまったのである。「そんなことどうでもええがな……食べたい人だけ食べたらええやんか」と思うのだが、この人達にとっては「どうでもいい」ことではないらしい。そう、「巻寿司の丸かぶり」を「許せる・許せない」か、どちらか一つをどうしても選ばなければならないらしいのである。

なぜ「二択」にこだわるのか

くびれの世代がかつてその人気を支えた漫画『エースをねらえ！』が二〇〇四年一月からTVドラマ化された際に見かけた、こんな一文もまたひっかかる。

いじめにも負けず、適度にモテるひろみは今じゃ気に食わないけど、嫌いながら見てみようかな。

（「新ドラここがヘンだよ！第一回」／『TVブロス』二〇〇四年二月七〜二〇日号）

「そんな程度のことで好きだの嫌いだのって……そもそもなんでいちいち好き嫌いを決めなきゃいけないんだ？」と思うのだが、今の日本でそういった態度はあまり一般的ではないらしい。宝塚周辺のファンの間では最近、「○○のファン≠××のアンチ」という図式が一般化していることからもそれはうかがえる。私などは「ヅカファンとは宝塚全体のファンであり、その中には好きなスターとどうでもいいスターがいる」と考えるのだが、どうやら今時のヅカファンは「ヅカファンには大好きなスターと大嫌いなスターがいるに決まっている」と思い込んでいるらしい。「好きか嫌いか」「許せるか許せないか」どちらか一つをどうしても選ばなければいけない、といった類の強迫観念に取り付かれてしまっているのだ。

が、私が一番気になるのは、恵方巻やテレビの登場人物、宝塚スターといった「どうでもいいこと」については二択で答えを選択することを要求し、更には自身と異なる選択をした他者にはとことん噛み付くくせに、「肝心なこと」については、たとえ理不尽であろうとも「しょうがない」と考えあっさりと受け入れてしまう、これが今の日本のマジョリティであるように思えてならない、という点だ。なぜ彼らはそのような態度を取るのか？

まず一つには、「どうでもいいこと」の場合は、噛み付いたところで「反撃される恐れがないから」だろう。どんなにわめこうとイタい目を見る心配がないからこそ、彼らは安心して吠え立てるのである。

そしてもう一つは、前述のように「正しい答えを見つけるよりも他者に勝つことの方が大事だから」である。

そういえば、『若者はなぜ怒らなくなったのか』出版後に受けた取材の際、「団塊ジュニア以降に期待する点はありますか？」と問われ、「いや、特には」と答えたところ「じゃあ団塊ジュニアには何も期待していないんですね？」と返され「!?」となった覚えがある。「団塊ジュニアに期待している点は特には思い浮かばない」ということが、なぜ「団塊ジュニアには何も期待していない」とイコールになるのか。この発想が私にはわからないのだが、しかし、この種の発想をする人達は、今の日本では、決して珍しい存在ではないのである。

「二択」の危うさ

今の私が、「二択の危うさ」について考えた場合に思い浮かぶのが、「9・11」以降のブッシュの言動である。「共にテロリストと戦うか、テロリストの味方になるか」という、極端な二択を要求するアメリカ人のメンタリティについて、藤原帰一は、「9・11」以前の時点で、既にこう分析している。

アメリカでも、前から正戦論が支持されていたわけではない。一九世紀のアメリカは、むしろ欧米世界ではもっとも平和論が強く、常備軍の保持にも批判が強かった。（中略）このような構図は、ナチの台頭と第二次大戦によってくつがえる。観衆は、「西部戦線異状なし」の代わりに「カサブランカ」（一九四二年）に拍手した。

（中略）

戦争への疑問が広がり、従軍兵士の自我が壊れるところから始まった第一次大戦の記憶は、ニューディールの成立と国外におけるナチス政権の成立によって大きく変わった。戦争への不信は戦争への使命感に変わり、新たな使命が新たな生きがいを生み出したからである。

（藤原帰一『戦争を記憶する／広島・ホロコーストと現在』講談社現代新書）

二〇〇一年二月二〇日発行の書籍において藤原は、ナチスという「絶対悪」の登場が、歴史上どんな結果をもたらしたかについてを、こんな風に述べているわけである。

そして、今の日本のマジョリティの言動を見ていると、同様の思考回路が、少なからぬ日本人の中にも浸透している、そんな風に思えてならないのである。

そもそも、「正しい答え」を見つけようとする姿勢が乏しく、「二択」で自身が選んだ答えのみを信奉し、自身と違う答えを選んだ他者に勝つことばかり考えている、そんな人間が多数をしめる国が、果たしてどういった道を進んでいくことになるのか。

「この時代の日本人はどうしてこっちを選んだりなんかしたんだろう……」

このままでは、将来の日本人がこんな風にぼやく確率はかなり高いと言わざるを得ない。

が、そんな時代だからこそ、「分析好きなくびれの世代」および「くびれの世代が支えた八〇年代カルチャー」についてを、改めて見直すべきなのである。

――初出『月刊連合』二〇〇四年四月号

「三代目は身上を潰す」

「なぜ『二択』しか出来ないのか」に書いたこと、すなわち、〈「どうでもいいこと」についてば二択で答えを選択することを要求し、更には自身と異なる選択をした他者にはとことん噛み付くくせに、「肝心なこと」については、たとえ理不尽であろうとも「しょうがない」と考え受け入れてしまう、これが今の日本のマジョリティである〉が、実にイヤな形で露呈してしまった。そう、イラク民間人人質事件に対する世論のことである。すなわち、この件に関しての「どうでもいいこと」とは、「人質家族の言動、帰国後の人質の立居振舞」のことであり、「肝心なこと」とは、「なぜ彼らは人質にされたのか、なぜ自衛隊がイラクに派兵されたのか、なぜ戦争になったのか、なぜイラクの人は怒っているのか、『人質はジサクジエン説』に目の色を変える人間が『日本人外交官米軍誤射説』に興味を持たないのはなぜなのか、なぜ『人質はジサクジエン説』が出てきたのか、ジサクジエン説の浸透によって得をするのは誰なのか（人質&人質家族&一般市民では決してない)」のことである。

不謹慎なことを言ってしまうと、「産経や読売絡みの記者が拘束されたら親会社はどう対応するか、こそが見たかった」ということになるのだが、そんな次元の話は、世論からは全くうかがえなかった。実際の世論がどんなものだったかについては、改めて説明するまでもないだろう。

「こんな時に政府の勧告を無視して出かけるほうが悪い」「政府に対する家族のものの言い方が気に入らない」「国に迷惑をかけたんだからかかった費用は自分で払え」「たとえ殺されてもそれが自己責任というものである」「これで自衛隊を撤退させたりしたら世界の笑いものになってしまう」……なんとまあ、「一億総評論家化」どころか「一億総政府高官化」といった体である。ほんのちょっと前までならば、こういった事件が起きた時には、「こんな大変な時に何もわざわざあんなところにまで行かんでもええのに……物好きな人達もいるもんやなあ」ですませていたはずの人達が、なぜかやたらと居丈高な物言いをするようになったのである。

なぜこうなってしまったのかについての新聞取材を受けた際、私が返したコメントはこうだった。

「ミニ制服&ルーズソックスが当たり前の団塊ジュニア以降の世代は『多数派に属していない人だと思われるのは恐い』という感覚を持っている。ネットの普及によって人を高所から見下すための紋切り型のフレーズが蔓延した。自衛隊の派兵等に対してはネットの内外で『お上が決めたことはしょうがない』と感じる風潮が強い。湾岸戦争の頃までなら時事的なことに対しては『難しいからわかんない』ですませていた層が、ネットで見知った価値観を基に『派兵反対』の主張を持つ人質家族をバッシングすることによって、自身が『天下国家を論じることの出来る一廉《ひとかど》の人物』になった気分を味わっているのだと思う」

こういった、言わば「(政府高官)ごっこ遊び」をすることで幸せな気分を味わえるタイプの人間のことを、彼ら自身の好む言葉を使って述べれば、いわゆる「負け組」というやつになる。本音の部分では「俺は負けている」と感じている輩が、「人質&家族」＝「反体制な人々」という生贄に対して、「政府寄り」＝「支配者寄り」な価値観で対応することによって、「支配者の気分＝勝ち組の気分」を味わっているのだ。アホである。

まあ、ネットで「民間人人質事件ジサクジエン説」を嬉々として書き込む輩の心情とは、「ケネディはＣＩＡに暗殺された！」「アメリカ政府は宇宙人と密約を交わした！」「アポロは実は月に行ってなかった！」等、なんでもかんでも「陰謀話」に結びつけたがるタイプの人間が、「これらの情報を受け入れることの出来る俺は、マスメディアを通じてでしか世の中のことを理解することの出来ない一般大衆よりも、ワンランク上の人間である」という気分を味わっている時と似たようなものである、とも言える。言ってみれば、「なんでもかんでも政府の陰謀説」とは、お手軽な「選民意識」を味わうためのツールなのだ。

が、今回、それに加えて気になったのが、善良な市民による「的外れな感傷」である。いわく、「こんな大変な時に更に厄介なことが起きて小泉首相達がお気の毒」「政府のスタッフや自衛隊の人達はやるせないでしょうねえ」「イラクの復興のために皆がんばっているのに……」等々。こういった感想を述べる人達は「悪い人」ではないのだと思う。が、「バカだなあ」とも思ってしまう。

そもそも、なぜ小泉はイラク派兵の遂行にこだわるのか。「自分の政権を維持するために有効なカードだから」である。そうなのだ、あの男は、「政治家の家系」に生まれた人間なのであり、そして、そんな男がついに国家首班の座についたのである。「アメリカ人は『健康のためなら死んでもいい』と考えている」といったジョークがあるが、小泉の場合は、「国家首班の座を守るためなら『自分以外の国民が全員死んでもいい』と考えている」と言えるはずなのだ。「自分以外の国民が全員死んじゃったら国家首班もクソもないじゃないか」と思うのは、それこそまさに素人考え。きっとあの男は「総理大臣でいられなくなっちゃうぐらいなら死んだ方がまし（そのためには手段は選ばず）」と考えているはずであり、結果、全ての行動原理は、「自分の政権を維持するために有効なカードだけを使おう」になってしまうのである。

出世することが出来た人間の心情には、「どんなにがんばっても大して出世することの出来ない人間＝世の中の多数派であるフッーの人達」には、決して理解することが出来ないものがある。権力を持った人間、人の上に立った人間が、「地位」に執着する気持ちの強さには、「フツーの人＝地位や出世に縁の無い人」には理解が出来ないものがあるのだ。一般市民は、たとえ出世に汲々としていたとしても、ふとした瞬間に「これでいいんだろうか」と思ったならば、「考えてみれば下らないことじゃないか……やーめた」といってそのコースを「降りる」ことが可能である。が、小泉は、「政治家一家の三代目」＝「自分の意思で『負ける』『降りる』という選択肢を選ぶことが有り得ない立場の人間」なのである。ゆえに、いったん手に入れた「国家首班」の地位に執着する気持ちも想像を絶するものがあるはずなのだ。が、ごくフッーの善良な市民、例えば就職活動や昇進試験にヒーヒーいった経験のない人達は、「支配者側」にいる人間達の心情がわからず、とんちんかんな解釈をしてしまう。ゆえに、均等法施行以前世代の女の一人である私には、その「善良さゆえの的外れさ」が、ある意味目障りでならないのだ。

ちなみに、身上を潰すのは「三代目」と相場は決まっている。そんな日が来る前に、早く代替わりしてもらいたいものである。

——初出『月刊連合』二〇〇四年六月号

「生きる気力の劣化」

「三代目は身上を潰す」では、権力の座についた者の「地位に対する執着心」について述べたが、首相の突然の訪朝という事態に「名誉に対する執着心」についても指摘しておかねば、と思った。今の小泉を駆り立てているのは「日朝国交回復を成し遂げた首相として歴史に名を残したい」という思いである。そもそも今の日本を仕切る側の本音とは「いい家に生まれなかった人間などどうなってもいい」というものだ。なぜなら今の日本では「仕切る側＝いい家に生まれた人間」という図式が当り前だからである。仕切る側がその種の「悪意」に基づいて行動しているというのに、仕切られる側、特に若年層は「彼らの本音」に気付いていない。いや、「決まっちゃったことはしょうがない」で納得してしまう「有害な分別くささ」を身につけた彼らの場合、気付いたところでそれを不満に思うこともない。挙句、「仕切る側の言動」に同調することで自分もまた「仕切る側」の気分を味わって悦に入っているという体たらくである。

本当にアホである。所詮彼らは「一生、仕切られる側」＝「いざという時には切り捨てられる側」に過ぎないのに。

といった原稿を書いたところに起きたのが長崎女子児童殺人事件である。個人的見解としては「アノ人むかつくなぁ。（゜Д゜）ケケケ」という冷笑的な書き込みが「殺意のトリガー」をひいたように思うが、「身近な人間」とうまくいかなくなった時、「関係を修復しよう」「適当にやり過ごそう」と考えず「とにかくいなくなって欲しい」と思いつめるあたり、実に「子供らしい事件」と言える。進学や就職等を既に経験している大人と違い「小学生としての日常生活」しかまだ経験したことがない子供にとっては、「仲が良かった友達と気まずくなってしまったのに、それ以外の点では今までと変わりない生活がこれから半年は続く」という状況は、「苦痛から逃れられない生活が永遠に続く」に等しいことと感じられたのだろう。「たった半年なのに……」と思うのは大人のモノサシでしかない。「中学生になれば今とは異なる日常が始まる」と理屈ではわかっていたとしても、同種の経験を今まで一度も体験していない子供にとって、そのことを実感することは非常に困難なことである。つまり小学生にとっての「半年先」とは働き盛りの人間にとっての「天寿を全うする時」と同じぐらいに「遠い未来」の話なのだ。

「だからといって、なぜ殺人を!?」、という疑問もあるだろう。その意味では、やはり、「今時の子供の育ち方、育てられ方は、これまでの子供とは違うのだ」と言えよう。つまり、既に大人になっている人間、あるいは、今までの子供ならば、こういった状況になった時には、「じゃあ絶交しよう」「逆にいじめてやろう」等の選択肢が思い浮かび、それを実行したはずである。ところが、「心のノート」等を通して「きれいごとの人間関係」だけを見聞きする形で育てられている今時の子供の心には、そういった邪悪な選択肢は思い浮かばなかったのでは、と思うのだ。しかも、昔の子供ならば漫画を読んだりテレビを見たりして過ごしていた時間を、今時の子供はネットに費やしている。漫画やテレビと異なり、パソコンをしている場合親が子供を叱ることもない。そのため、今までの子供とは異なり、「娯楽を通して、自身では経験できないベタな人間関係を学ぶ」機会もなかった、と考えられるのである。「加害女児は『普通に暮らしたい』と述べている」という弁護士のコメントを聞いて、「やっぱり……」と思ったものだ。つまり、「普通に暮らしたい」→「だけど怜美ちゃんがいる学校ではもう今までのようには過ごせない」→「でも自分には逃げ場が無い」→「だから怜美ちゃんの方にいなくなってほしい」→「怜美ちゃんが死ねばいいのに」→「だったら怜美ちゃんを殺すしかない」、という思考回路を辿ってしまったのではないか、と。「自分には逃げ場が無い（と思い込んでしまっていた）ため、自分のそばからいなくなって欲しい人を殺すしかないと考え、実行してしまった」という意味で、少し前のゴスロリカップルが親を殺した事件や音羽幼稚園の事件と相通じるものを感じてしまう。

しかし、「いなくなって欲しい人を殺してしまう」という選択肢を選んでしまうなど、フツーの人間には到底有り得ないことである。なぜ有り得ないのかと言えば、「完全犯罪を思いつき実行出来る能力を持った人間」以外にとっては、「いなくなって欲しい人を殺してしまうこと」＝「犯罪者となり、自分の人生を棒に振ること」であるからだ。フツーの人間は、「自分がかわいい」「自分さえよければいい」といった感覚を心の奥底に抱いている。なればこそ、「殺してやりたい、という思い」を抑えることも出来るのである。この事実と、今回のような事件とをすりあわせることによって、「今時の日本人からは生きのびるために必要な能力や技術、いや、生きる気力そのものが衰退してしまっている」、と感じてしまうのである。

子供を虐待した挙句に死なせてしまった、という事件を聞く度に思うことは、「今までの親なら死なない程度に虐待していただろうに……近頃の親は加減を知らんなあ」ということだ。とはいえ、なぜ今までの親は「死なない程度に」虐待していたかというと、子供を哀れに思ったから、というわけでは決してない。「バレると困る」「捕まりたくない」「要は、自分がかわいい」といった心情がブレーキとなっていたからこそ、「死なない程度に」虐待していたのだ。ところが、今時の親達にはそういった心情はないらしい。

「後で自分の身がどうなろうといい（そもそもそこまで気が回らない）、虐待したいから虐待するんだ！」

これこそが本音のようなのだ。

私は今、「八〇年代の女性論」を執筆中である。それまでの日本では「男」だけが実行することを許されていた「自分さえよければいい」「自分が一番かわいい」という思いに基づいた行動を、「女」も実行するようになったからこそあの頃の日本には活気があったのだ、という事実を論証しようと試みている最中なのだが、そんな八〇年代と異なり、今の日本には、「自分さえよければいい」「自分が一番かわいい」という思いに基づいて行動すること、いや、それどころか、そういった思いを抱くことすら許されない、といった空気がある。大人でさえそんな空気を感じているのだから、学校という空間で暮らすしかない子供にとってはより一層厳しい状況があるのだろう。つまるところ今時の日本人は「生きる気力」そのものが劣化しているのであり、だからこそ、「この種の犯罪は、いつ、どこで起きても不思議ではない」といった言われ方がされるのだ。

——初出『月刊連合』二〇〇四年七月号

「気分はもう改憲」

政治部記者「どうして改憲を声高に言いたがる人が増えたんでしょう」
私「なんでもいいから何か大きなことをやりたい、と考えるタイプの人はいます。が、たいていの人間は『今なすべき大きなこと』を自分自身の力で考え付く能力を持たない。そのため少なからぬ数の人間は、既に世の中に存在しているものの中から『これを実行すれば、大きなことをやりとげた、と皆が言ってくれそうなこと』を拾い上げ、実行してみようとする。それを見て『これを実行すれば、大きなことをやりとげた、と皆が言ってくれそうなこと』を拾い上げる能力すらない、より多数の人間もまた彼らにならい『そうだ!そうだ!』という声を挙げることで、あたかも自らが『何か大きなこと』をやりとげたかのような気分に浸る……その『何か』が、団塊の世代にとっては『全共闘』だったのであり、今の日本のマジョリティにとっては『改憲』なのでしょう」

そもそもフツーの日本人は「改憲」を云々出来るほどに「憲法」のことを知っていないはずである。例えば教員試験を受けるなら大学の教養課程の「憲法」を受講していれば事足りたわけだが、教養の「憲法」の講義内容など低レベルなものに過ぎない。が、この事実に気づくことが出来るのは専門の「憲法」を受けた後のことである。ところが世の中には、大学の教養の「憲法」の講義内容は低レベルだということを知らない人の方が、いや、教養課程の「憲法」すら受講したことがない人の方が多いのだ。その程度の知識しかない人達をも巻き込んだ上で今の日本は「気分はもう改憲」ムードに満ちている、というのが現実である。が、改憲派はこんな「現実」になど頓着はしない。なぜなら「知らしむべからず、よらしむべし」こそ彼等の行動原理だからだ。彼等は日本を、今以上に「知らしむべからず、よらしむべし」という空気に満ちた国にしたいのであり、そのためには憲法だの教育基本法だのは少しも早く「改悪（彼らにとっては「改善」なのだろうが）」しなければならない存在なのだ。

日本という国を、「生まれによって『戦争をさせる側』と『させられる側』に分断された国」へ再び戻そうとしている支配層がいる。そして、そんな彼らに同調することで自身もまた「支配層」の一員に加われたかのような勘違いを楽しんでいる、愚かなマジョリティがいる。両者の思いが重なって、改憲を積極的に進めよう、という空気が強まっているのだ。「改憲」を進めたがる人達の特徴の一つに「日本という国自体を、日本人に生まれた自分自身を、やたらと誇りに思う」点がある。ゆえに彼らは「今の憲法は日本人が作ったものじゃない！　だから変えるべきなんだ！」と主張したがるわけだ。そんな理屈が通用するなら「今の憲法やほとんどの法律は女が作ったもんじゃない！　だから女は法を守る必要なんかないんだ！」ということになるわけだが、まあ私も大人なので、そういった大人気ない主張はするまい。

ともあれ私からすれば、彼等の主張は随分と身勝手なものに見える。たとえば彼らは、自分達の先達が迷惑をかけた国に対して本気で謝ろうとはしない。「悪いことをした」と本心では思っていないからだ。今までだって、口先だけの謝罪のみで、一度たりとも本気で謝ったことなどないし、これからも謝るつもりがない、それが彼等のメンタリティである。しかも彼等は「本気で謝ろうとはしていない、という事実」を指摘された時には「だってボクが生まれる前のことなんだもん！　ボクがやったことじゃないんだから謝る必要なんかないもん！」と開き直るのである。過去に日本人がなしとげたことに則って日本という「国」および日本人という「民族」の素晴らしさをやたらと主張するくせに、その過去が抱える「負」の部分については受け入れようとせず「おいしいところ」だけを取ろうとするズルくて卑怯な存在、それが「この国の素晴らしさ」を主張したがる輩の本質なのだ。

仮に彼らが謝ることがあったとしてもそれは、「とにかく謝りたい」という人間としての誠意の発露の結果ではなく、「ボクのことを許して欲しい」という見返り欲しさから出た言葉なのである。つまりはきわめて利己的で物欲しげな感情の発露の結果に過ぎないわけだ。なんと「さもしい」心根の持ち主だろうか。が、彼らは自分達の根っこにある「さもしさ」については、決して認めようとはしない。そもそも「さもしい」ということ、更には、自身の抱える「さもしさ」の存在についてを認めようとはしないということ、そういった意味で二重に「さもしい」存在、それこそ今の日本のマジョリティなのである。そういった輩が憲法を改悪しようとしているのだ。これはもう、何がどうあっても阻止するしかないではないか。

何ゆえ私は、「日本国憲法を護持すべきである」と主張するのか。第一の理由としては「日本国憲法って結構いいこと言ってる、と思うから」である。その気分を大塚英志の著作から引用すると次のようなものとなる。

現在の日本社会が抱える問題は、日本国憲法及び戦後民主主義の弊害というより、戦後の日本社会が日本国憲法や民主主義を全うできていないからではないか、とすれば、日本国憲法を全うし、戦後民主主義を立て直すことで、ぼくたちの社会は充分、やっていけるはずではないか、と。

（大塚英志編『読む。書く。護る。』角川書店）

そうなのだ、日本国憲法自体はすごくいいものなのに、それを運用する側がちゃんと運用してこなかったせいで、今の日本はダメダメな社会になってしまったのである。これこそ「戦後日本」の真実なのだ。

更にもう一点、「日本人は憲法を改変すべきではない」と私が考える理由がある。かつて東京ディズニーランドの中核スタッフとして働いていた人から「日本人にはこんなに完璧なマニュアルを作り上げることは出来ないと思う。が、完璧なマニュアルさえあればそれを実行する能力が日本人にはある」と聞かされたためだ。つまり、日本人には「理想を夢見る力」はないが「理想を実現するための方法を実行する力」ならばある、というわけだ。

日本国憲法は日本という国を「理想の民主国家」として運営していくためのマニュアルのようなものである。「だから日本人は憲法をいじったりしちゃあダメ！」、こう私は考えるのである。

——初出『月刊連合』二〇〇四年八月号

第2部
私が愛した
「女子供文化」

『スサノオ』を上演することによって宝塚歌劇団は
「日本軍の海外派兵・武力行使＝アメリカ軍による侵略戦争への加担」を
否定しない劇団に成り下がった

アマテラス「あなたたちは何をしていたのです、誰もスサノオを助けなかったのですか⁉」

＊

正直なところ、私は迷っている。

なんらかのメディアで、この有害な宝塚歌劇を徹底的にこきおろすべきなのか。

あるいは、「所詮は宝塚歌劇＝ファン以外は洟も引っ掛けない作品」なのだから、この作品に注目が集まることによって作者がますます勘違いしてしまう事態を避けるために、むしろ完全に「無視」すべきなのか。

いまだ私は決めかねている。

が、やはり、スサノオの兄・月読にならい、「愛する宝塚、この劇団の為に、今から一篇の劇評を綴ろう」と思う。

＊

雪組の初日に行ってきました。

お芝居は「王家に捧ぐ歌」を期待していくとがっかりします。

「拉致問題を考えたい」という作者のコメントに「そんなもん、世間知らずの若造が考えんでええっちゅーの！」と思いつつ、覚悟はしていたのですが……しかし、やはり覚悟が足りなかったかも。

「スサノオ＝自衛隊」という寓話にしたいのでしょうが

いくらヤマトを思う心があっても
あんなに無軌道な自衛隊はイヤです……。

国家と軍備に関する議論にしても浅い、浅い。

「喜び組」を彷彿とさせるシーンが延々と続く演出に、

「木村君、テレビのワイドショーばっかり見てないで、たまには活字も読もうね」

という気分になってしまいます。

スサノオ＝自衛隊、アオセトナ＝金正日、イナダヒメ＝拉致被害者、ヤマタノオロチ＝テポドン、ヤマトの民＝拉致被害者に知らんぷりの国民、という寓話を語ることで
「だから、これからは知らんぷりせずに、自衛隊を応援しよう！」というメッセージを伝えたいのでしょうが、
そういったメッセージを思いつくあたり、

「問題意識はあるんだけど、あんまり頭はよくないんだよなあ」という気分です。

時事問題をちゃんと理解していれば、

「ヤマトの民に見殺しにされたスサノオ」＝「小泉政権の利権を守るためにイラクに派兵され、『憲法によって活動を制限されていたがために、十分に応戦出来ず戦死してしまった→だから、憲法を改変しよう！』という主張を実行するための『既成事実＝イラクでの

自衛隊員の戦死』作りのために、誰でもいいから戦死してくれることを小泉政権に期待されている自衛隊員」

「ヤマトの民」＝「日本が憲法九条を放棄して海外に派兵するようになったとしても、自分の生活には悪影響が及ばないと信じているため、アメリカによるイラク攻撃にも、自衛隊によるアメリカ軍支援にも、反対する必要を感じていない（だから小泉政権支持をやめない）日本のマジョリティ」

だということに気付くはずなのに、

（そう思いつつ、「ガイチ（初風緑）＝アマテラス」が「コム（朝海ひかる）＝スサノオ」を悼む台詞を聴いていたらついつい泣いてしまった）

結局は、民達が何も考える暇も与えないまま再軍備をしてしまうあたり、

「木村君、要するに問題点はどこにあるのか、

解決すべきことはなんなのか、という視点に基づいて、

論理的に物事を考えてみたことある？」

という気分です。

様々な立場からの台詞が、寓意をこめて多数もりこまれていることから、

「タカ派思想に凝り固まった新保守主義者」よりは

情報収集能力はそれなりにあると思えるのですが、
収集した情報を集約し、正しい答えを導き出すために必要な能力自体は
無いものと思われます。
こういう事例を見せられると、
「下手の考えしか持てない男の子は
何も考えずに休んでいてくれた方が、世のため人のためだよな」
という気分になります。
「木村作品はメッセージの押し付けが強いからイヤ」
というファンの声は、つまるところ、
「自分の居場所を見つけたかったから、というだけの理由で右翼になった
元落ちこぼれの男子学生が
内容の薄っぺらな街頭演説をがなっているのを聞かされるなんてうんざり」
という気分と同質のものなのだと思います。
「愛国心」と「郷土愛」は違うんだっていうこと、
「愛国心」と「公共心」も違うんだっていうこと、
(その程度の知識すらない「無知蒙昧な輩」には

この種の問題を人前で論じる資格なんか無いということ）を
誰か木村君に教えてあげてほしいです。

ていうか、一時間半にいろんな寓意こめすぎ!!
いちいち「元ネタ」を考えるだけでうんざりしちゃう。
だから、「たった一時間半」が、長い、長い。
むしろ、「日本とアジアの歴史」についてなんか全然知らない
外国人の人なら、
結構楽しめちゃうかも。
けど、そしたら、ごくごくシンプルに、
「オー、スサノオの考え方おかしい、彼の行動、間違ってますねえ！」
っていう感想が出てきちゃうだけかも。
（何人やねんっ！）

もう一つ付け加えると
今年の初舞台生の口上挨拶が

「私たちの愛する国、日本が誇る宝塚歌劇団の一員として」
だったのもショックでした。

今までは、
「私たち、第○期生、○名は
この春宝塚音楽学校を卒業し……」
といったもので、
「愛する国、日本云々」なんて、
この30年間の口上で、きいたことがありません！

こういうところから始まっていくんでしょうねえ……。

初風緑についての感想以外のことばかりがうかんできて
いささか憂鬱な公演です。
舞台に出ずっぱりで和太鼓を演奏している
下級生達等、個々人はがんばってるし

演出手腕自体は見るべき点が多い作品なんですがねえ。

初日観劇後、何人かに送ったメールである。

私のこの感想は、決して「うがった見方」ではないということ、むしろ、そのような「見られ方」をこそ木村君は望んでいるのだということは、次のコメントからもわかる。

木村信司／脚本・演出「この作品は、問題作です。そして問題の全ては作品に込めました。」

（雪組宝塚大劇場公演楽屋取材／『歌劇』二〇〇四年六月号）

これが作者のコンセプトなわけである。そう、言ってみれば、

「問題意識の高いオレはフツーの人間よりもワンランク上の人間なんだ！　だからオレよりも知的レベルの低いヅカファン共め、オレの素晴らしい作品を見て少しは賢くなりやがれってんだ！」

とまあ、こういった木村君の「声なき声」が、全編にわたってきこえてくる、そういった内容の芝居だった、というわけだ。これって、かなりみっともないことだと思う。

だってだって、考えてみればいい。

たとえば、である。もしも私が、木村君のこの「声なき声」に答えて、「バカヤロー、こっちは有識者の一人として、新聞だの論壇誌だのから取材されたり原稿依頼されたりする立場にある、日本を代表する文化人の一人なんだよ、テメーの浅薄な議論に付き合ってられるほどおめでたくなんかないっつーの！」

とまあ、こんな風に言ったならば（書いているうちに、「恥ずかしい」を通り越して、なんだか「情けなく」なってしまい、ゲラのチェックをするたびにけずりたくなってしまった……人間として、相当「何か」を捨て去らないと、こんなことは言えないと思う……）、きっと心ある人からは、「荷宮和子って頭の中に虫でもわいてるんじゃないの？？？」とかなんとか言われて、さんざ笑いものになったはずである。

そうなのだ、こんな風に笑われてもしょうがないこと、人間として「何か」を捨て去らなければ出来ないことを、今の木村君はしているのである。それって相当ヤバイっしょ。

が、今の木村君の周りには、こういった「もっともなこと」を忠告してくれる友人は一切いないらしい。

「先生と呼ばれるほどのバカじゃなし、か……」

「キムシンの芝居はメッセージ性が強いから嫌い！」といった声や、「出演者ががんばってるから、メッセージ性の強さはそんなに気にならなかった」「たまにはこういった問題意識のある作品があってもいい」といった声はあれども、「木村先生の主張には感動しました！　私も同じ考えです！」という声はついぞ聞こえない、という「事実」こそが、木村君の主張の「無意味さ」を、何よりも雄弁に物語っている、と言えるだろう。

ていうか、「理屈をこねたがるヅカファン」の間では、木村君の主張の内容自体に対する是非を云々する声がない、という現実は、それはそれで、腹立たしいものではある。けど、そういった側に立つ人達って、こういうメンタリティの持ち主が多いからなあ。

ひろゆき「右の人たちって、最後の根拠のよりどころが感情だったりするじゃないですか。」
大月隆寛「ああ、それはあるね。左翼は理屈なんだけど、右翼って突き詰めると情緒、感情だからね。だから論破はされない。」
（中略）
ひろゆき「そう、左の人って、何かいわれたらすごい熱心に反応するんですけど、いわれなければ黙っている、みたいな感じがあるんですよ。右の人は何も言われなくてもガンガン宣伝したがるっていうか。」
（「ネット界の暴力デブ太郎とひろゆきが語る「2ちゃんねる」の功罪」／『正論』二〇〇三年六月号）

とまあ、こんな調子で、「左の人って、何かいわれたらすごい熱心に反応するんですけど、いわれなければ黙っている」と、2ちゃんねるの管理人であるひろゆきは主張するわけだが、ヅカファンでしかも右寄りでない人の場合、更に大人しい、というのが現実なのである。そう、とある宝塚サイトで見かけた、こんな書き込みのように。

なんといいますか……

No.8-19915－2004/06/26（土）23：46：05－雪組ファン－ID：XXXXXXXXX
絶賛の嵐を砂を嚙むような思いで傍観している一ファンです。
生徒さん達が一生懸命やっているものをわざわざネットで酷評しなくてもいいか……
問題は作品にあるんだしと、ただそれだけの気持で口を閉ざしています。

作品の好みは本当に人それぞれ。
ああいうのが好きな人も結構いるんだな～と勉強にはなりましたです。
同じ思いの人、今回特にたくさんいると思いますよ。
ネット上では「頻繁に声高に熱く」語る人々が多数派に見えますからね、どうしても。

結果、「平和ボケをしている日本人には、そしてヅカファンには、これぐらい言ってやった方がいいんだ！」と主張する木村君、およびその支持者の声が、ますます宝塚周辺では大きくなっていってしまう、というわけである。

まあ、ぶっちゃけた話、「この演出家は自衛隊の武力行使・海外派兵を肯定している！」ということに気付いてしまった観客は、「なんてことだ、こんな宝塚歌劇はイヤだ！」と感じているものの、そんな「ハイブロウな次元」にまで思いが至らないタイプのヅカファン、すなわち、中途半端な知識しか持たないにもかかわらず、「私は社会的な面での意識がフツーのヅカファンよりも高いのよ！」という勘違いをしているタイプのヅカファン、つまり、木村君と同類に属するヅカファンは、「たまにはこういった社会的な内容の作品もいいと思います！」と叫んでいる、というのが実態なのだろう。

＊

イナダヒメ「国が滅んでも、守るべき平和って何？」

偽アマテラス「平和は絶対の掟なのです！」

木村（ほらな、「非武装中立論者」＝「平和絶対主義者」の主張がいかにバカバカしいものであるか、俺様の脚本のおかげでおまえらにもよーくわかったろう？）

とまあ、こういったことを、木村君は主張したいのだと思われる。つまり、木村君は自身のことを、「現在の日本を支配している層」および「そんな彼らと同調したがっている愚かなマジョリティ」と同質の価値観の持ち主であると主張しているのである。アホである。

が、こういった愚かな主張が露になっているからこそ私は、自身のスタンス、すなわち、

荷宮「民が滅んでも、守るべき国って何？」
木村「国は絶対の掟なのです！」
荷宮「それってまるで桂文珍のギャグ、『アメリカ人は健康のためなら死んでもいい、と思っている』と同じレトリックじゃん!?」

という価値観についてを、より一層強く自覚し、なおかつ、その価値観に対して強い自信を抱くようになったのである。現在の私の寄稿先であるメディアで働く人達も、そんな私と同様

の価値観の持ち主である。そうなのだ、木村君の主張は、決して万人に受け入れられる内容のものではないのである。

「平和主義者」と「反戦論者」の主張をわざと混同させ、反戦論に水を差そうというのなら、大したレトリックの使い手だと感心もするが、おそらくは、そこまでの思慮は伴ってはいまい。

「とにかく、自衛隊派兵反対論はイヤ！　イヤなものはイヤ!!」レベルの主張なのである、木村君がしている主張とは。

『スサノオ』の個々の出演者に対しては、イデオロギー的なうらみをぶつけるつもりはないけれども、この作品の作者が非常に愚かな価値観に凝り固まっている、という事実についてだけは、せめて知っておいて欲しいと思う。

＊

プログラムおよび「ル・サンク（公演毎に発行される脚本付きの写真集）」も購入し、脚本も読んだ上でのリピート時。

が、やはりなお、

「で、どういう手段によって、どんな国が作りたいの？」

この問いの答えがさっぱり見えてこないのである。

いやまあ、どういう手段を取りたいのかはわからんでもない。キムシンは次のように主張したいのだな、ということが、「ドラマのラストの演出＝大団円」によってわかったからである。すなわち、

「謝罪はしたくありません、外交努力もしません、自衛隊は日本の力なんだから再軍備はします、それはさておき、これからは人の痛みがわかる国を作りたいと思います」

こんな風に宣言したら、「何をしたかは知らねども……♪」、なぜか突然、拉致被害者が全員帰ってきました、いやあ良かったですねえー……って、

そんなわきゃねーだろっ（怒）!!!

「何をしたかは知らねども……♪」じゃねーよっ!!!!

バカか、てめえーはっ!!!!

とまあ、ますます怒りが増してきた、リピート観劇時だったわけである。

とある手段を選べば、望ましい結果だけでなく、望ましくない結果も伴われる恐れがある、なればこそ、手段の選択には慎重にならざるを得ないのであり、なかなか結論を出せないので

ある。

ところが、木村君ときたら、こういった現実には全く頓着せず、ただただ、「ボク、日本のことを憂いてるんです！　その気持ちは誰にも負けません!!（だからボクのことをほめてちょうだい、日本の偉い人!!!）」

こんな風にわめきちらしている男の子、それが木村君なのである。

が、哀れなことに彼には、自身の「憂国の情」を満たすために有効な手段を考え付く能力がない。なぜなら、中途半端な知識と未熟な判断力しか持ち合わせてはいないからである。

しかも、プログラムを読んだ結果、木村君が「言いっ放しの卑怯者」だということもわかったので、初見時以上に、私は非常に気分が悪い。

この作品「スサノオ」は、神話を基にしたファンタジーです。政治的な発言と捉え、このち意見を求められても困ります。生徒たちの安全を守るためにも、これは強く主張しておきます。

（プログラムより）

ふーん、そう……そういう言い草が通じると思ってるんだ……やっぱ、宝塚で働く人って、浮世離れしているっていうか、「夢の花園」の論理で動いてるんですねえ。って、そんな甘いこと考えてるの、多分この人だけだと思うけど。

とまれ、だったら同人誌でも出すか、ホームページでも作るかして、自分ひとりの責任でやれ!!

＊

「あやまりたいの……許して欲しいとは思わない……許してもらえるとも思わない……ただ、あやまりたいの……」

これは、少女漫画家岩館真理子の作品『ふたりの童話』の中に登場した、好きな男の子と親友とを傷つけてしまったヒロインの台詞である。人間として、非常に真っ当な感情の発露といえる内容の台詞である。この作品が『週刊マーガレット』に連載されていた当時、「小学校六年生」だった私は、そんなヒロインの心情と行動に、感じ入った覚えがある。

が、世の中には、このヒロインの台詞の言わんとすることが、全く理解できない輩もいる、というのもまた現実ではある。そうなのだ、「日本の男のマジョリティ」＝「もう謝ったんやからええやないか、何度も何度も謝らせるな！」に最も欠けている心情がこれなのである。

そもそも、少年漫画や青年漫画に、こういった心情の発露に基づいた台詞が登場することは考えづらい。女と異なり、男という生き物は、私が愛してきた文化、という意味での「女子供文化」を知らずに成長してしまう場合が少なくないのである。その結果として、たとえ同じ時代、同じ社会で生まれ育ったとしても、男と女では、接する文化が大きく異なってしまっているため、長じるにつれ、そのメンタリティの間に大きな乖離が生じることが珍しくなく、そのことが、様々な不幸の原因となってしまうのである。

木村君もまたその意味で、日本の男のマジョリティの一人だということは、次のような台詞をヒーローであるはずのスサノオに言わせていることからわかる。

アオセトナ「お前ら大和は、かつて武力で周りの国々に攻め入った。そして自らが栄えるため、偉大な文明を滅ぼし尽くした！　お前らはそれを謝ることすらしない、まさに見下げ果てた……恥知らずなのだ！」
スサノオ「哀れな……」
アオセトナ「哀れだと」
スサノオ「アオセトナ。争いに争いで応えるつもりか。ともに生き、ともに栄えるつもりはないのか」

アオセトナ「それは滅ぼした者の言葉だ！　相手を叩きのめしてから、『そんなつもりはなかった』と言うのか！」

スサノオ「重ねて聞く、過去のわだかまりを捨て、手を取り合って未来を築く気になれないか」

ヒーローであるはずのスサノオに、こんな「盗人猛々しい台詞」を言わせて涼しい顔をしている存在、それが木村君の本質なのである。

加害者側が「とにかく謝りたいんです！」と、心からの謝罪を繰り返した結果として、被害者側が、「もうやめてください、これからは過去のわだかまりを捨て、手を取り合って未来を築いていきましょう」と告げる、これが物事の道理というものである、フィクションであれ、現実であれ。

とはいえ、現実の世界での外交や訴訟では、様々な事情が絡むために、なかなかこの「道理」を実践することは難しい。

しかしフィクションの世界では、せめてフィクションの世界だけでは、人としての「道理」を通すべきなのである。にもかかわらず、木村君の作品では、人としての道理に逆らい、「被害者側が『とにかくまずは謝れ』と言っているのに対して、加害者側が『過去のわだかまりを捨てよう』と言い放つ」のだから、開いた口がふさがらない。これでは単なる「逆ギレ」である。

にもかかわらず、なぜ木村君は、スサノオにこんな台詞を言わせたのか。

「本当は謝りたくないから」

日本人はアジア人の中で一番優秀な民族なんだし、あの時日本軍があいうふるまいをしたからこそ、劣等な他のアジアの国々も欧米列強の支配から逃れることが出来たんじゃないか、そのメリットと、虐殺だの強姦だの慰安婦だののデメリットを比べたら、メリットの方が大きいに決まってるんだから、謝る必要なんか全然ないじゃん。

これこそ、木村君と、木村君がよりどころにしている意見を述べる人達の本音なのである。「過ち」には、「取り返しのつくもの」と「取り返しのつかないもの」がある。当時の日本が、当時のアジアにしたことは、された側の個々人にしてみれば、「取り返しのつかないこと」である。他者に「取り返しのつかないダメージ」を与えた加害者は、これはもう、他にどんな事情があったにせよ、謝らなければならないに決まっている。

が、この「人間としての道理」が、どうしても理解出来ない類の人間、もしくは、どうしても理解したくない類の人間が多数派をしめている、というのが現在の日本の状況なのである。

木村君はおそらく、どうしても理解したくない類の「いやらしい人間」というよりも、むしろ、どうしても理解出来ない類の「かわいそうな人間」の方に属するのだろう。が、たとえ悪気が無かろうとも、「まさに見下げ果てた恥知らずなのだ」ということには、やはり変わりはないのである。

木村君をはじめとして、日本の男のマジョリティは、やたらと「恥」だの「誇り」だのといった言葉を好む。

が、彼等は、「謝って当然のふるまいをしておきながら、一度たりとも本心から謝ったことがなく、挙句には、口先だけの謝罪を盾に、『何度も謝らせるな！　しつこいぞ！』と恫喝する類の人間」こそ「人間として最も恥知らずな人間」であるという事実を、どうしても認めるつもりがないらしい。

しかも彼等は、「本気で謝ろうとはしていない、という事実」を指摘された時には、「だって、ボクが生まれる前のことなんだもん！　ボクがやったことじゃないんだから謝る必要なんかないもん！」、と開き直るのである。

つまりは、過去に日本人がなしえてきたことを土台にした上で、日本という「国」および日本人という「民族」の素晴らしさを、やたらと主張するくせに、その過去が抱える「負」の部分については受け入れようとせず、「おいしいところ」だけを取ろうとする、ズルくて卑怯な存在、それが、「この国の素晴らしさ」を主張したがる輩の本質なのである。

仮に彼らが謝ることがあったとしても、それは、「とにかく謝りたい」という、人間としての誠意の発露の結果ではなく、「ボクのことを許して欲しい」という見返り欲しさから出た言葉なのであり、つまりは、きわめて利己的で、物欲しげな感情の発露の結果に過ぎないわけである。なんと「さもしい」心根の持ち主だろうか。

が、彼らは、「日本人の誇り」だの「日本人の心の美しさ」だのをやたらとふりかざしたがるくせに、自分達の根っこにある、こういった「さもしさ」の存在については、決して認めようとしないのである。

そもそも「さもしい」ということ、更には、自身の抱える「さもしさ」の存在についてを決して認めようとはしないということ、そういった意味で二重に「さもしい」存在、それこそ、木村君自身およびその木村君がやたらとその肩を持ちたがるタイプの日本人の「本当の姿」なのである。

＊

戦時暴力には「殺人」だけでなく「強姦」がセットになっている、という事実は、イラクでも明らかとなった。
現在メディアに登場する自衛隊員は「いい人」ばかりだが、徴兵制が実施されるようになれば、いや、それ以前の段階として、「就職先が見つけられないから仕方なく自衛隊に入る」人間が増えるようになれば、状況は大いに変わってくるはずである。

藤原帰一「たとえば、男はみんなレイプしたがっているというのは現実だろうか。（中略）ぼくは警察に脅されてるからレイプしないんだ、なんて思わないですよ。レイプは犯罪だ、正しくない、と考えるからしないんです。抑えが効いていなければ誰でも極限的な暴力行動に走るっていう前提は、実はかなり現実離れしていて――」
渋谷陽一「っていうかもうまったく間違いですよね。」
（藤原帰一『正しい戦争はあるのか』ロッキングオン）

藤原氏や渋谷氏は、「レイプしたら勲章を上げるよ」と言われても、多分、いやきっと、レイプはしないタイプの男の人なのだろうと思う。
しかし、「藤原氏や渋谷氏はレイプなんかするような人じゃあない」という事実など、はっきり言って、「どうでもいいこと」なのである。

世の中には、そうではない男が存在するということ、そして、そんな男の存在を決して厭わしくは思わないタイプの男が存在するということについては、二〇〇三年の早大生集団強姦事件および二〇〇四年明大生集団強姦事件から明らかである。そもそも、慰安所を作った側の言い分は、「慰安婦をあてがってやらないと強姦事件が増えて治安が保てないから」（ｂｙ中曽根康弘）、だったではないか。

渋谷氏や藤原氏が「俺はレイプなんかしない」と言い切れるのは、そこそこ女にもてるからである。が、世の中の大半の男はもてない。女の側は、そのことを男よりも客観的に認識出来る。そして、日本が派兵するとは、すなわち、「もてない男」の群れが武器を持って野に放たれる、ということなのである、昔も今も。

そのことを思えば、戦時暴力には「殺人」だけでなく「強姦」がセットになっている、という事実がもたらすであろう結果について、自衛隊派兵肯定派は、責任を負う義務があるのである。

が、木村君には多分そんな覚悟はないだろう。捕らえられたヒロインを、「ヒロインの姉達＝女達」が殴るシーンを延々と見せることによって、「男による女への暴力＝強姦」という事実をごまかそうとする卑怯な木村君には。

木村君のことを「ゲッペルスになりそこなった男」と評してはほめすぎだろう。が、木村宣伝相にまるめこまれたヅカファンもまた、やはり客席には存在したのである。その意味で、危険性が皆無な存在というわけではない。なればこそ、木村君的メンタリティを持った人間が、これ以上発言権を持たないようにすることが、まずは肝要なのである。

＊

「二択で結論を出したがる」今時のマジョリティのごたぶんに漏れず、木村君もまた、「二極思考の権化」である。なればこそ、「北朝鮮は日本人を拉致したじゃないか！　自衛隊の存在意義をちゃんと考えようとしないからこんなことになったんだ！　だからボクは自衛隊の存在や軍備の増強や海外派兵を否定する考え方を絶対に許さないぞ!!!」といった単純な結論へと、一気に突っ走れるわけである。

私自身は、「二択で結論を出したがる」ものの見方自体に問題があると感じているわけだが、「二極思考」の方が論を有利に運ぶことが容易であるため、この種の価値観の持ち主に対抗することは難しいという現実がある。というわけで、この私も、ここでは彼の思考法に乗じてみようと思う。

宝塚歌劇団には二種類の演出家が存在している。すなわち、「戦争を経験した作家」と「戦争を経験していない作家」の二種類である。作風という意味で、あるいは社内政治的な意味で、対照的な存在であると言い得る二人の座付き作家、植田紳爾前宝塚歌劇団理事長と柴田侑宏宝塚歌劇団顧問であってさえも、「戦争を経験した作家」であるという意味において、「戦争を経験していない作家」よりもはるかに、互い同士は近しい存在である、そんな風に感じられるのである。

そもそも、かつての宝塚歌劇団は、「戦争を許さない、差別を許さない」という、およそ日本で生まれ育った男性とは思えない価値観の持ち主のみが集まる場所だったのである。戦争を経たことで、このことはより一層強められたとも言える。

が、今の宝塚はそうではない。「自衛隊（＝日本軍）の海外出兵」を肯定する作品を作る木村信司や、「屈託のない女性崇拝主義者＝自覚のない女性差別主義者」である石田昌也といった作家でさえ、その禄を食むことを許されている劇団、それが現在の宝塚歌劇団の姿なわけである。

私がなぜ彼らの存在自体を嫌悪するのかと言えば、こういった価値観の持ち主は、「戦争の大義」が存在しさえすれば、容易に「戦争の肯定」に走るきらいがあるからである。おそらく、木村君など、いざ戦争になった時には、「志願兵になった自分＝志願兵にならない類の人間よりもワンランク上の人間」という勘違いに酔いしれちゃうタイプなんだろうな、と思えるのである。

が、「戦争の大義を声高に言い立てる輩」とは、すなわち、「大義さえあれば何をしてもいいと考える輩」なわけである。その結果、何が起きるか。

戦時暴力とは、殺人だけでなく強姦とセットになっているものである。大義があろうとなかろうと、宗教がなんであろうと、戦争あるところに「殺人&強姦」あり、という真実は、イラク戦争でのアメリカ兵の行状によって、改めて明らかにされたと言えよう。その意味で日本人もまた同類だ、ということについては、先の戦争で十分に証明し尽くされている。

とはいえ、「自分の身を守るために仕方なく」といった状況での実行も有り得る「殺人」とは異なり、「強姦」の場合、それを実行するか否かについては、最終的にはあくまでも個々人の人間性に則った結果となるはずである。

そこで、私は考える。

かつての宝塚歌劇団は、「戦争を許さない、差別を許さない」という価値観の持ち主のみが集まる場所だったが、今の宝塚はそうではないと述べた。そうなってしまった今では、宝塚には、前述の分類とは別の意味での二種類の演出家が存在している、と言えるはずである。

すなわち、「レイプする人・しない人」である。

こういったことまで考えなくてはならない時代になってしまった今だからこそ、私はささやかな望みを述べておきたいのである。

たとえ戦争になったとしても、宝塚に在籍していたことがある作家は、せめて、宝塚に在籍していたことがある作家だけは、「強姦」をしないよう心がけて欲しいと思う。

誰とは言わないが、頼むよ、ほんと。

＊

池波正太郎は再三再四、「いいこともして、悪いこともするのが人間なり」と書いている。それにひきかえ、「人を恨むな」だの「希望を捨てるな」だのといった、紋切り型のきれいごとばかりを口にする、奥行きのないキャラクターのみで展開される木村芝居にはうんざりだが、にもかかわらず、作者の設定意図以上に哀れなキャラクターもまた存在する。民を束ねる立場にあったために、毎年娘を生贄として差し出してきたものの、娘が残り一人になったため、「今年は他の娘を生贄にして欲しい」と言ったところ、民達に無視されてしまったアシナヅチである。

アシナヅチ「私と私の家族が苦しみ、皆が幸せになるなら、私は本望だとすら思っていた……けれど今年、ついに最後の娘を捧げることに……そこで私は人々に問いました、どうか今年はだれか自分の娘を捧げてほしい……答は、ありませんでした。……私は鳥肌が立ってきました。」

アシナヅチは哀れである。

とはいっても、アシナヅチの「哀れさ」とは、民の非情さに長い間気付くことが出来なかった、という意味での「愚かさ」に基づくものではない。

「自分自身が愚かであるということに、死ぬ前に気付いてしまったこと」、それゆえにアシナヅチは哀れなのである。

アシナヅチ「私は自分の愚かさに気がつきました……！　人々は自分さえ無事ならほかの誰かがどうなろうと気にもかけはしなかったのです！」

「自分さえ無事ならほかの誰かがどうなろうと気にもかけなかった」

そりゃそうだろう。あたりまえのことである。人間とはその程度の存在でしかない。

にもかかわらず、生まれが同じ場所だから、あるいは国籍が同じだから、「信じても大丈夫に違いない」、そんな勝手な思い込みを持つ人間が、「愚か」でなくてなんであろう。

（「里長」なんだから、「生贄」以外の面では、「フッーの民」よりもあれこれといい思いをする機会も多かったんだろう云々、といったことを持ち出しては、話がややこしくなりすぎるため、ここでは触れないことにする）

自身の愚かさ、民の非情さ、これらに気付くことなく、最後の娘まで生贄に差し出してさえいれば、きっとアシナヅチは、「自分の家族を最後の一人まで犠牲にして村を守るだなんて、やっぱオレって、超イケてる里長だよなー」という思いを抱いたまま、天寿を全うすることが出来たに違いなかったはずである。

そんなことを思ううちに、私には、「こんな風に現実の社会のことを反映させながら、自衛隊の武力行使や集団的自衛権について考えさせてくれるなんて、この作品は素晴らしいと思います！」といった形で『スサノオ』を支持しているヅカファン達と、アシナヅチとが、段々と重なって見えてきたのである。

そうなのだ、「ボクは、私は、国のためにいい仕事をしたんだ、ボクの、私の判断に間違いはないんだ！」といった意味での自身の「社会的意識の高さ」のみに酔いしれ、その判断が誤りだったということに気付かないまま、天寿を全うすることが出来たならば、きっとその人は幸せな生涯を送ることが出来たと言えるはずなのである。

とまれ、やはり私には、「生まれが同じ場所だから、あるいは国籍が同じだから、信じても大丈夫に違いない」、言い換えれば、「生まれが同じ場所ではないから、あるいは国籍が異なるから、信じられるわけがない」という思考パターンを取ることの出来る、アシナヅチや、木村君のメンタリティが不思議でしょうがないのである。

アシナヅチや木村君には「悪気」はないのかもしれない。が、このようなメンタリティが、結果として、たとえば「長崎女子児童殺人事件の加害者は在日なのかもしれない」といった報道が流れた時には、「在日かあ、道理でなあ（蔑笑と安堵）」といった反応を生むのだ、ということを考えれば、やはり、アシナヅチや木村君の価値観は「間違っている」という他はないのである。

近ごろでは、「他者の意見を尊重すべきだ」的な考え方をする人間がやたらと多いが、「間違っている」人間に対しては、「おまえは間違っている」と言うべきなのである。

なぜならば、間違った価値観に取り付かれた人間が多数派をしめた場合には、間違った施策が実行されてしまう恐れがあるからである。

間違った施策が実行された結果には、二種類のパターンがある。すなわち、「取り返しのつく失敗」と「取り返しのつかない失敗」という、二種類の結果のことである。

間違った施策が実行された結果として、「取り返しのつかない失敗」がもたらされる恐れがあるからこそ、「間違った価値観の持ち主」の暴走を許すわけにはいかないのである。

アシナヅチは最終的にはイナダヒメを死なせずにすんだ。

が、果たして、木村君および『スサノオ』を否定しなかったヅカファンの今後はどうなるのか。

自衛隊による武力行使を否定しない内容であるにもかかわらず、『スサノオ』に対する反感を抱くことなく観劇することが出来た人達のこれからの人生に、「私は鳥肌が立ってきました」と言わずにはおれない類の出来事が起きたりしないよう、心からお祈り申し上げる次第である。

＊

民を勝手に信じていた挙句に裏切られる、哀れだけれども愚かなアシナヅチを見ていると、「木村君が文化庁派遣によるアメリカ留学後国粋主義者になった理由＝人種に関係なく自由で平等な国だと勝手に思い込んでいたアメリカで、イエローモンキー扱いされたため」ではないか、とも思えてくる。

要するに、本人は「形而上な問題」に取り組んでいるつもりなのだろうが、所詮は、「卑近な逆恨みの発露」に過ぎない作品なのである。

「清く正しく美しく」をモットーにした宝塚歌劇団を使って、人前でオナニーするのはやめて欲しい。

＊

90周年を迎えた宝塚をＰＲしてください。
木村信司「２００周年、３００周年を迎えられるよう、一日一日、一歩ずつ一歩ずつ、努力を重ねます。どうか見守っていてください」

（「公演アンケート」プログラム）

そう言いながら、実際には、「憲法九条改悪＆日本軍海外派兵肯定」＝「宝塚が消滅へと近づく道」を、率先して進んでいこうとしている作家、それが木村君である。要するに、考えが足りないのだ。
なにしろ木村君は、自衛隊の存在を否定していない。これからの自衛隊に期待されている軍事行為にも反対していない。
つまり、『スサノオ』を上演することによって、宝塚歌劇団は「日本軍の海外派兵・武力行使〟アメリカ軍による侵略戦争への加担」を否定しない劇団に成り下がったのである。
この意味で『スサノオ』は、実にエポック・メイキングな作品ではある。
そして、その行き着く先はこうである。

今月号から宝塚日記を除いて、宝塚記事及び写真が友の誌上にのらなくなります。宝塚の記事及び写真をのせ始めてから十年、顧みて感慨深きものがあります。理由は、この国を挙げての非常時、少女も亦自分の娯楽を国家に捧げて緊張すべき時だと考へた故です。祖国の為に父・兄が血を流す時その妹が、その子が独り歌劇を楽しんでいてよい訳はありません――。

（『少女の友』昭和一三年九月号編集後記）

「座付き演出家が、わざわざ『いつか来た道』を歩いていってるんだもんなあ……見られるうちに見られるだけ見ておかなきゃあ」と、改めて思い知らされた公演だった。

「人は恋煩いで死ねる!」と主張し続ける宝塚歌劇団のベテラン座付き作家・柴田侑宏の作品にこそ「宝塚の香気」は宿る

宝塚の座付き作家・柴田侑宏

柴田「男には、仕事とそれ以外の人生における諸問題とをどっちがどうという風にあまり分けないところがある。（中略）それを演じるのが君らの場合は女性だから、時に非常に解りにくいこともあるかもしれないが、仕事とたとえば恋愛とか結婚とかというものが両立しなかった場合、人間として非常に狭いしつまらないだろうと感じる。豊かであるためには、仕事だけやっててもつまらないし、恋愛ばかり追いかけているというのも、これは背骨のない人間みたいになるし、そういう所で理解したらどうかなと思います。」

（「ときめきの花の伝説」座談会／『歌劇』一九八五年一一月号）

これは、宝塚歌劇団の座付き演出家柴田侑宏が、本当は女である「男役」に対して、「男っていうのは、仕事と恋愛を両立させようとするものなんだ」と説いている時の発言である。宝塚歌劇には、「女が仕事をするなんて許されない時代」を舞台にした作品が少なくないため、「女＝恋愛が全て」「男＝仕事も恋愛も」というパターンが多いことを踏まえた上での発言なわけである。

が、とは言いつつ、実は柴田の場合、「男でありながら、結局は恋愛に全てを捧げてしまう」、というパターンの作品が多く、それゆえにファンも多いのである。

そうなのだ、柴田とは、『雪之丞変化』を上演した際、「しかし、恋煩いで死ねますかねえ」と言う共同演出者の尾上菊五郎に対して、「人は恋煩いで死ねる！」と言い切り、菊五郎を黙らせちゃった人なのである。

生まれて初めて生で見た宝塚歌劇が、柴田の作品『あかねさす紫の花』だったこともあって、私はヅカファンになって以来の柴田ファンであり、そのことについては、何度も何度も口をすっぱくして書き続けてきたわけである。

が、私ごときが何を書こうが屁とも思わない人の方が世の中には多いため、私はしばしば、シェークスピア研究で有名な小田島雄志の次の一文を引用することにしている。

宝塚の出戻りファンであるぼくは、出戻った日の感動をまだうずくように覚えている。

（中略）

舞台は、甲にしき主演の「小さな花がひらいた」。脚本・演出の柴田侑宏という名前は、もちろん初めて耳にするものだった。ぼくは、見ながら恥ずかしいほど泣いた。

（中略）

宝塚にもこのようなホンを書ける人がいたのか、という驚きとが、ぶつかり合っていたはずである。このようなホンとは、人間を描いたドラマ、ということである。それは、歴史絵巻や悲恋物語などを書いた作品とは次元を異にする。それは、人間とはこのように喜び、このように悲しみ、このように愛し、このように悩む存在であるのか、という発見を根底におくドラマを言うのである。

（小田島雄志「ごく私的な柴田侑宏観」／『柴田侑宏脚本選3』宝塚歌劇団）

山本周五郎の『ちいさこべ』を原案にしたオリジナル・ミュージカル『小さな花がひらいた』は、私にとっても「最も好きな柴田作品」なのであり、それはすなわち、私にとって「最も好きな宝塚作品」ということなのである。

その理由については、拙著『宝塚の快感』の中で次のように記しておいた。


　私が見た宝塚歌劇の中で、個人的にもっとも「いい男」だと思えたキャラクター、それが「小さな花がひらいた」の茂次である。

　大火事によって両親と店を失った大工の若棟梁が、同じく火事で焼け出された幼馴染みの娘おりつ、そしてみなし子達によって支えられ、一人前になっていく。

　そうなのだ。支えられていたのは、実は茂次だったのだ。

　そんな茂次の一本気さ、誠実さ、懐の深さ、温かさ。

　若棟梁がそういう人間だったからこそ、世をすねかけていた元浮浪児の菊二は「大工になりたい」と言い出すのである。


（『宝塚の快感』廣済堂出版）


　が、この一文だけを読まれると、「そうか、柴田侑宏っていうのは、ちょっとセンチでハートウォーミングな作品を作るタイプの作家なんだな」、と思ってしまう人が出てくる恐れもある。が、それは完全な勘違い、早とちりである。

　なぜならば、柴田作品の特徴として、「何をやっても『赤と黒』になってしまう」という点があるからである。

『赤と黒』を上演した時はもちろんのこと、たとえ主人公が光源氏であろうと、チェーザレ・ボルジアであろうと、柴田の手にかかれば、そこには、「男の栄光と挫折」のドラマが繰り広げられることになるのである。光源氏とチェーザレ・ボルジアが相似形を描くメディアはあまりないと思うが、宝塚の場合、柴田の存在ゆえに、それは「ごくごくありふれた出来事」なのである。

柴田侑宏と戦争

拙著の帯に推薦文を書いて下さった柴田先生にお礼をしなければ、と思った時のことである。近しい人に、「柴田先生って、お嫌いなものはあるんでしょうか？」とたずねたところ、即座に、「柴田先生は戦中派だから何でも食べますよ！」と返され、思わず吹き出しそうになった覚えがある。

実際のところ、笑い事ではないのだし、戦争を経験していない私のような小娘には想像もつかないような体験を様々経ていらしたのだろうとは思うのだが、そういったことを声高に主張するタイプの人ではない、ということもまた事実である。

そのため、そんな柴田先生が、二〇〇二年に発表した新作ミュージカル『ガラスの風景』のパンフレットに、突然、次のような一文を寄せていたのを見た時には、随分と驚いた覚えがある。

あなたの心に残っている風景は？
「昭和20年8月15日、正午すぎの国鉄豊橋駅前の広場。私がそこに行き着いた時、たった今玉音放送が流れ、戦争が終わったというニュースが告げられたばかりであった。焼け跡に囲まれたその駅前広場には、じりじり照りつける真夏の虚しい太陽の下で不安と落胆が入り混じる奇妙な静寂が漲っていた。中学二年生の時である。」
（「公演アンケート」／『ガラスの風景』プログラム）

「スレ違いでは!?」とさえ思える内容からは、「どうしても書き残しておきたかったんだなあ」という熱い思いが感じられたものである。

舞台上で声高に「反戦」を訴えたことはない柴田だが、その根底には、常に「差別と戦争を許さない」という思いが流れていた。そんな柴田作品の中で、「戦争」を最も大きく取り上げていた作品としては、『誰がために鐘は鳴る』が挙げられる。その上演の経緯については、次のようなインタビューがある。

洋ものの大作に『誰がために鐘は鳴る』（1978年初演）がありますね。これはどういういきさつだったのですか。

「劇団の文芸路線で『風と共に去りぬ』に続いての一本立て大作になりましたが、企画を出したときはビックリされましたね。当時は小林公平氏が理事長だったのですが、みんなで東宝の試写室まで行って、ゲイリー・クーパーとイングリット・バーグマンの映画を見ました。ボクは学生時代からわりと好きな映画だったのですが、見終わったときは、みんなシーンとしちゃったのを覚えてますよ。でも、鳳蘭と遙くららならということで通ったのです。自分では、もう一度やってみたいと思っています」

（「宝塚にできることは、まだまだたくさんある／柴田侑宏」／小藤田千枝子『舞台裏のスターたち』同文書院）

この発言から、かなり強い思い入れがある、と見ていいだろう。ちなみに、当時のパンフレットに寄せた言葉は次のようなものだった。

「いずれにしてもこの素材は、宝塚にとっても私にとっても、冒険であることは間違いない。それだけ私の責任も大きいわけだが、この冒険によって宝塚の可能性を少しでも拡げることが出来ればと思っている。

そして、この作品を見終わった後で、観客の大多数をしめる多感な少女たちが、或いはミセスたちが、愛について、生きることについて語り合ってくれたらとひそかに夢見ているのである。」

（柴田侑宏「『誰がために鐘は鳴る』の劇化」／プログラム）

昭和の「ベルばら」ブームの余韻が残る時期だったため、「観客の大多数をしめる多感な少女たち」といった表現が出てくるわけである。実際、当時の私は中学三年生だった。後に私は、前述の拙著の中で、当時の舞台に対する思いを、次のような形で述べることになる。

「本当はねえ、ピラールがそうしろって言ったの」

『沖縄の骨』（岡部伊都子／岩波書店）という本を読んだ時、思い出したのがこの台詞である。

る。

恐らく明日は死ぬであろう、というゲリラ作戦の前夜、ゲリラ達のリーダーである女は、愛する男と一夜を過ごすよう、ヒロインに促す。宝塚とは、女の観客に向けて、こういった展開をごく自然なものとしてサラッと見せてくれる、そんな男性作家をかかえた劇団なのだ。

一方、『沖縄の骨』は、恋し合って婚約した相手を、黙って戦争に行かせてしまったあの時代の女性の悔恨の書である。その中で、私がもっともショックだった箇所はここだった。

「私は『何も彼も済ませてゆきたい』とささやいた彼の言葉の意味さえ、わからなかった。あの戦前の社会で、結核療養のため通学出来ず読書に過ごしていた小娘は、未熟とも潔癖とも何とも情けない状態であった。大切な人は、私をいたわって、固い唇の私を抱きしめるだけで、名残惜しく征った。征ってしまった。」

「何も彼も済ませてゆきたい」とささやいた彼の言葉の意味がわからなかった。

こんなひどい話があるだろうか。女にとって、そして、婚約者とそれっきりわかれたまま壕で自決しなければならなかった男にとって。

（中略）

それって戦前の話でしょ、今は全然違うじゃん、そう言い切れる能天気さを私は持てない。本当にそうであったとしたならば、このピラールの台詞が、心に残るはずなどないのだから。

（中略）

スペイン内戦の最中、国際義勇軍の一員としてグアダラマ山中のゲリラと合流したロバート・ジョーダンは、少女マリアと恋に落ちる。けれどもマリアは、ファシスト軍に両親を殺され輪姦されたという心の傷を抱えていた……。

宝塚版「誰がために鐘は鳴る」では、「マリアがひどい目にあったこと」が映画版以上に、より強く前面に打ち出されていた。女の観客でさえ、「まだ言ってる、もうええがな、もう誰も気にしとらんがな」と言いたくなってくるほどに。

宝塚版「誰がために鐘は鳴る」は、平成の女の視点で眺めれば、「この舞台のテーマは強姦された少女の魂の癒しと再生の物語である」とまで言えそうな脚本なのだ。

（中略）

マリアは強姦されたことで、「最大の愛情表現行為が最大の攻撃行為と一致してしまう、人間という生物、人間同士の間に生じる愛というもの、生きてあることそのもの」について懐疑しており、そんな状態から立ち直るためのカウンセラーの役割を果たしたのがロバート・ジョーダンだったというわけだ。

（中略）

もっとも、言うまでもないことだろうが、以上に述べてきたことは、いい年になってしまった今だからこそ、言語化出来た感想である。

しかし、この作品を見た時点ではまだ理解力の乏しい子供だったことを、私は決して悔やんでなどいない。他人にうまく説明することこそ無理だったが、「全然わからなかった」わけではないのだから。

（『宝塚の快感』廣済堂出版）


私が宝塚版『誰がために鐘は鳴る』を見たのは七八年、中学三年生の時であり、そして、『宝塚の快感』を上梓したのは九八年のことである。いずれにせよ、月日が流れたわけだが、果たして今の日本の状況はどうである、と言えるだろうか。


私が輪姦されなかったのは、しっかりしていたからだと思う。あの人たちは、はっきりモノを言う子には強く出ない。でも私も、人間扱いされてなかったことはわかってる。

（斎藤貴男「拡大路線をひた走る早稲田の行方」／『人を殺せと言われれば、殺すのか』太陽企画出版）

「スーパー・フリー」関係者と交際している女子大生がこのように証言している二〇〇三年の早大生サークル集団強姦事件、あるいは、二〇〇四年の明大生ゼミ集団強姦事件の被害者について、「彼女達は気が弱くて、どうすればいいのかがわからなかった」、だからレイプされてしまったんだ、といった報道がなされている。つまるところ、「日本の女」を取巻く状況は、相変わらず「お寒い」ままなのである。

宝塚の「おばさん向け劇団」化

池波「僕はね、へんな話ですけど戦前の宝塚の株を持ってましたから宝塚劇場や東宝の宝塚劇場は毎月行ってたもんです。三浦時子や橘薫の時代……。」

（中略）

淀川長治「宝塚お好きだったんですね。」

池波「ええ、好きだったです。」

（中略）

淀川「『映画楽しいけれどお客さんがあんまりジャリばっかりだから、つくりにくいなあ。

子供がわかる映画でないとつくれないな』と言ったら……。」
池波「いや、それはね、ちょっと。」
淀川「ちょっといけないんですか。」
池波「どうしていけないかというとね、ぼくなんか十四、五のときにウィリアム・ワイラーの『孔雀夫人』というのを見たんです。」
淀川「ええ、あれはもう立派なもんですよ。」
池波「大変な、つまり中年男女の愛情の相克でしょう。それからヨーロッパ文明とアメリカ文明の相克を描いた大変なものですよ。」
（中略）
淀川「よくあんた……いくつぐらいのときにごらんになったんですか。」
池波「ぼくが見たのは十四、五です。ところがものすごくそれがよくわかる。それは子供にもわかるようにワイラーが作るからですよ。大人の世界がわかるように。」
（池波正太郎『映画を食べる』立風書房）

私の場合、『孔雀夫人』は未見である。
が、池波が言わんとしていることはわかる。

私が十四、五歳の頃に見た、そして、それゆえに原作等の関連書籍を読んだ宝塚歌劇を挙げると、前述の『誰がために鐘は鳴る』（原作 ヘミングウェイ／脚本・演出 柴田侑宏）をはじめとして、『風と共に去りぬ』（原作 マーガレット・ミッチェル／脚本・演出 植田紳爾）、『星影の人』（作・演出 柴田侑宏だが、司馬遼太郎、子母沢寛らの新撰組関連書籍を読み漁った）、『隼別王子の叛乱』（原作 田辺聖子／脚本・演出 阿古健）、『恋の冒険者たち（「十二夜」より）』（原作 シェークスピア／脚本・演出 村上信夫）……といったところになる。実際に観劇は出来なかったが、「宝塚でやったから」という理由で読んだものも含めれば、スタンダールの『赤と黒』や、山本周五郎の『さぶ』等も挙げることが出来る。さすがに、『ル・ピエロ』（脚本・演出 酒井澄夫）の原作、ヴォルテールの『カンディード』には、手を出せなかった覚えがある。

まあ、要するに私が言いたいこととは、たとえまだ中学生であっても、これらの作品を受け入れる能力は十分に持っている、ということである。

そしてまた、作り手側もそのことをちゃんと自覚していたのだ、ということは、『誰がために鐘は鳴る』上演当時、公式機関誌誌上での、柴田の次のようなコメントからうかがえる。

柴田「やっぱり宝塚というのは中高生が一番多いから、その人達が満足しなければいけないとも言えるし……」

（「柴田先生と語る」／『宝塚グラフ』昭和五三年八月号）

宝塚の客席には若い観客が多いから、若い人達の心の糧となるような、いい作品を作りたい。私が一〇代だった頃の柴田先生は、こういった姿勢で宝塚での仕事をしてきたのである。極めて真っ当な姿勢である。

作り手の側がこのような姿勢を持つことについての「真っ当さ」は、次の池波の一文からも明らかとなる。

池波「やっぱり人間というのは、学校へ行く、行かないにかかわらず、十三ぐらいから二十ぐらいまでの生活は大事だと思う。吸収力が今の五倍から十倍ですからね。それで。そのときの記憶はいちばん鮮明だから。」

（池波正太郎「池波正太郎の青春・小説・人生」／『私の歳月』講談社文庫）

そうなのだ、池波の言うことはしごくもっともなことなのであり、なればこそ、次のような意見も導き出されるのである。

年寄りに見せる映画というのは、これは普通の人たちが観るのと同じものをどんどん見せればいいんだよ。気が若くなるからね、映画を観ると。映画というのは一種の若返り法ですよ。気分が若々しくなって、健康にもいいんだ。絵を描くというのも健康法として非常にいいけど、映画を観るのはそれ以上にいいと思うね。映画好きといわれるお年寄りたちを見てごらんなさい。いくつになってもみんな若々しいでしょう。

（池波正太郎「何を観ようか迷ったときは」／『映画を見ると得をする』新潮文庫）

この文中の「映画」を「宝塚」と入れ替えてもらえれば、私の言いたいことはわかってもらえると思う。

そうなのだ、映画よりも宝塚が好きな私の場合は、「年をとったら、宝塚を観ることで気持ちの若さを保とう」、と思っていたのである。前述の柴田発言からも明らかなように、かつての宝塚は、「おばさんだけ」を相手にした劇団ではなかったからだ。

（ここで言う「おばさん」とは、「男から見て値打ちがないという意味での、もう若くない女」のことではない。「おばさん」＝「若い人達と比べれば頭が固く、既成概念・固定観念のみにとらわれてしまっており、自らの思考能力に乏しく、自身の属する階層以外の価値観を受け入れる余地を持たない、狭量で保守的な女達」のことである。私は、そういう人達とは、出来れ

ば関わり合いになりたくないのだ)

が、実際問題として、九〇周年を迎えた今の宝塚からは、こういった姿勢が感じられない、というのもまた事実である。

私が学生だった頃にはかきいれ時だったはずの夏休みや春休みに休演期間を設けたり、学生でも手を出せる価格帯のチケットが廃止されたり、スターのインタビューがティーンズ向け雑誌からは消え『家庭画報』で連載されるようになったりと、近ごろの宝塚は、「おばさん御用達劇団」への道をまっしぐらにすすんでいるため、四〇歳を過ぎた今、私は憤懣やるかたない思いでいっぱいなのである。

ていうか、自分がババアになった途端、宝塚が、そんな自分よりも更に「ババア向け」の劇団に変わってしまうだなんて……ああ、いやだいやだ!!

「反戦」を主張するアニメ脚本『(旧)サイボーグ009／太平洋の亡霊』を書いた辻真先は今なら「非国民」扱いされるはずである

作家・辻真先の矜持

辻真先は、『アリスの国の殺人』（日本推理作家協会賞長編部門賞）や「スーパーとポテト」シリーズ、「迷犬ルパン」シリーズ等を代表作とするミステリー作家である。が、かつては、『鉄腕アトム』『デビルマン』『ぼくパタリロ！』『綿の国星』等のアニメ脚本家としても、活躍していた人である。

六甲大学アニメ研究会を舞台にしたミステリー『宇宙戦艦富嶽殺人事件』が、九九年四月にソノラマ文庫NEXTから再発行された際には、神戸大学漫画研究会出身である私が、その解説を担当した。次の文章は、その後半部分である。

最近の辻さんは、おなじみのキャラクター達、すなわち、スーパーとポテトをはじめとして、「夕刊サン」周辺の人達、あるいはスナック「蟻巣」周辺の人達等々が活躍するライトなミステリーを発表する、その一方で、それらと並行して、ちょっと重めのミステリーを、単発で書き下ろしています。

後者の作品群の場合は、たいていあの「戦争」が背景に描かれています。

このことについて、辻さんは、こんな風におっしゃっていました。

「あの当時のことについて、記憶している人間が、はっきりと覚えているうちに、ちゃんと書き残しておかねば」と。

まあ、何も辻さんに限らず、あの「戦争」について文章にしたがる人達っていうのは、昔も今もたくさんいました。近ごろでは、それを漫画という形にすることで、売り上げを伸ばし、勢力を拡大しつつある人達もいます。

つまり、あの人達にとっての本音っていうのはこれなんです。

「チキショー、あの戦争にさえ負けていなければ……！」

一方、辻さん、そして、かつては辻さんがその作品のアニメ版の脚本を手がけていた作家、故手塚治虫氏にとっての本音とは、「負けてくれてよかった、もしあそこで勝っちゃったりしていたら……想像するだに恐ろしい」、です。

つまり、辻さんっていうのは、「チキショー、あの戦争にさえ負けていなければ……！」と言いたがる輩、すなわち「男の中のマジョリティ」の側にいるんじゃあなく、「女子供や、心ある男の人＝男の中のマイノリティ」の側に立つ価値観の持ち主なんです。

辻さんの最近の小説を読めば、それははっきりわかります。そのことを書こう、それこそが、近年の辻さんの姿勢なんです。

そんな風に思っていたんですが。

実は今回、この解説を書くために、十七年ぶりにこの作品を読み返したことで、今さらながら、気づいたんです。

ずっとそうだったんだ、っていうことに。

なぜ、「ヤマト」のパロディとして、「富嶽」という、一般にはマイナーな戦艦が選ばれたのか。その理由は、そして成果は、あの頃からこうして形になっていたんです。

そういえば、辻さんにゲストとして来ていただいた、私がまだ一回生だった時の上映会（！）では、辻さんが脚本を書いた「（旧）サイボーグ009／太平洋の亡霊の巻」を上映しましたよね。

あの頃はまだ、「今どきのテレビでは、なかなか放送出来ない作品＝憲法第九条の精神をまっすぐに訴えた作品」を上映することに、取り立てて深い感慨もありませんでした。「面白いもんは面白い」、素直にそう言えた時代だったんです。いつの間にこうなっちゃったんだろう……。

「それをなんとかするのが君達の世代の役目でしょう」

こんな風に辻さんに叱られちゃいそうなので、私も自分に出来ることを何かしよう、そう思います。

九九年当時は、小林よしのりの『戦争論』が若者の間で強く支持されていたため、「この風潮になんとか水を差さねば」という思いに駆られつつ、この一文を書いた覚えがある。とはいえ、「私も自分に出来ることを何かしよう」と書きつつも、結局は、二〇〇三年に『声に出して読めないネット掲示板』を上梓するまでは、なかなか実効力ある行動を取れなかった、というのが実情でもあった。その間、日本の法律は、そして自衛隊をはじめとする現場は、とんでもないことになってしまったわけである。

しかも、より事態を深刻にしているのが、これらのキナくさい動きが、支配者側の独断専行によるものではなく、世論からの追い風を受けた結果である、とも言える点にある。

拙文の中でも触れている『(旧)サイボーグ009／太平洋の亡霊の巻』が、今の日本の地上波で放送されたならば、きっと辻は、「こんな護憲思想に片寄った内容の脚本を書くなんて！　この非国民め!!」といった類の罵倒を受けたに違いあるまい。もっとも、今の日本では、「長崎の平和の像」や「原爆ドーム」が画面にドーンと登場し、その上に憲法九条の文言が字幕でかぶせられ、「過ちは繰り返しません、と言いながら、今の日本はなんだ！」と、息子を戦争で亡くし、マッドサイエンティストと化した男が叫ぶ、といったテイストの作品がお茶の間で放映される事態など絶対に有り得ないことであるため、これは「杞憂」に過ぎないわけだが。

が、かつての日本の漫画・アニメ界はそうではなかった。今時の日本のマジョリティの目に触れれば、「この非国民め！」と罵倒されたに違いない、そんな作品を作る作家が、決して珍しくはなかったのである。なぜか。

なぜならば、「そこにはまず、手塚治虫がいたから」、である。

手塚治虫の特異性

日本の子供達に、特に、私達「くびれの世代」が子供だった頃に、最も強い影響力をもっていたメディアといえば、やはり漫画およびアニメである。

日本の漫画・アニメがこんなにも発展した、最も大きな理由の一つとして、「手塚治虫という作家が存在したこと」が挙げられる。そのため、日本の漫画家やアニメ関係者は、（反発を覚えている、という意味も含めて）ほとんど全員が「手塚チルドレン」と呼べる状態にある、と言える。そして更に付け加えるならば、「手塚チルドレン」によって作られたがゆえに、日本の漫画・アニメは、日本の大衆娯楽の中で特異な価値観を示しうる存在となったのである。なぜなら、手塚という作家のメンタリティは、日本の男性クリエイターの中では、かなり特異なものであったからだ。

本書五七頁でもふれたように、手塚の特徴を具体的に挙げてみると、
①暴力を生理的に（論理的に、ではない）嫌悪している。
②武器フェティスト的な面が（男性クリエイターにしては）少ない。
③家族の絆の描写にあまり関心がない（ゆえに、家父長制志向も薄い）
④女性キャラクターを「尊厳を持った人間」として描いている
となる。そう、手塚とは、およそ日本で生まれ育った男性作家とは思えない、稀有なメンタ

リティの持ち主なのだ。そして、こういったマイノリティと称して差し支えない、男性離れしたタイプの作家が、にもかかわらず、後進たちのお手本となっているジャンルは、日本では、漫画・アニメの他には、宝塚歌劇ぐらいしか見当らないのである（最近は、宝塚も随分とあやしい状況にあるのだが……）。

そうなのだ、富野由悠季や宮崎駿といった、「手塚に反発を覚えているタイプのクリエイター」であっても、「戦争に対してのスタンス」という意味では、決して、「反・手塚治虫」とは言えない存在なのである。

そして、更に言ってしまえば、「戦争に対して手塚と同様のスタンスに立つ」ということは、すなわち、「憲法九条の改変には決して同意しない」ということなのである。

タカラジェンヌもおすすめする手塚作品

宝塚歌劇と手塚治虫には共通点がある、と述べた。そのことを劇団側も手塚側も認識しているからこそ、宝塚歌劇が八〇周年を迎えた九四年には、花組公演『ブラック・ジャック』が上演されたりもしたのである。

が、実は、当初劇団側は、『ブラック・ジャック』ではなく『リボンの騎士』を上演しようとしていたのである。ところが、主演の安寿ミラが、「私に手塚作品をやらせるのなら、サファイアではなくブラック・ジャックをやらせてください」と進言した結果、上演作品が入れ替えられた、という経緯がある。実際、安寿にはサファイアよりもブラック・ジャックの方がはるかによく似合い、実際の舞台は「これぞ宝塚、これぞブラック・ジャック！」という出来に仕上がり万々歳、だったわけだが。

最近の宝塚の特徴というか、ある面では「問題点」と言えるのが、「ブラック・ジャックが似合う男役（あるいは、ドクター・キリコが似合う男役）はたくさんいるが、サファイアが似合う男役は滅多にいない」という点である。

そんな風潮の中での例外とも呼べる存在が、「雪組トップ男役・朝海ひかる＝サファイアやフランツが似合う近年では稀有なスター」なのだが、宝塚歌劇が九〇周年を迎えた二〇〇四年、雪組公演『リボンの騎士』といった企画が実現するどころか、実際には「詩劇スサノオ＝自衛隊マンセー！な内容の右寄り歌劇」が上演されてしまう体たらくである。

では、今時のタカラジェンヌおよびヅカファンと、手塚の間にはもはや何の接点もないのか、と言えば、決してそうではないのである。

タイトル　『アドルフに告ぐ』／作者　手塚治虫／出版社　文春文庫ビジュアル版／ジャ

ンル　漫画

感想、お勧めのポイントは？「ユダヤ人側として読むと辛い部分が多いですが、人間が現実にやってしまった事ですから、受け止めないといけませんし、それが出来なければまた繰り返してしまうのではないかと思いました。とてもメッセージ性の強い本だと思います。」

（楠恵華「GRAPH立図書館」／『宝塚GRAPH』二〇〇四年一月号）

宝塚歌劇団の公式機関誌誌上で、月組の中堅男役スター・マユゲちゃんこと楠恵華は、こういったコメントと共に、手塚作品をお勧めしているのである。マユゲちゃんのこのコメントは、決して的外れなものでも、時代錯誤なものでもない。むしろ、しごく当然の内容であり、誰もが耳を傾けるべき主張である、とこそ言えるものである。

有事法制（＝戦争用法制）が次々と成立し、イラク派兵を契機に自衛隊（＝日本軍）の海外派兵が既成事実化し、ついには「改憲」をしたがっている輩の声がますます大きくなっている。しかし、そんな状況にある今だからこそ、故手塚治虫や故石ノ森章太郎、あるいは、辻や富野といった、「戦争はダメだ！　憲法を改変するな！」という主張に則った作品を発表し続けている作家の存在が、より一層尊重されるべきなのである。

「『ミナミの帝王』よりも『ナニワ金融道』の方が偉い」とされる今の日本の漫画評論にはうんざりである

今の時代の「受け手の欲求」とは

漫画であれ、映画であれ、テレビドラマであれ、（たとえ作り手のモチベーションが低かろうと）その作品が受け手の欲求に応えていれば、その作品はそこそこヒットする。

では、今の時代の「受け手の欲求」とは、果たしてどんなものなのだろうか。

いささか乱暴にまとめてみれば、次のような言い方が可能であると思う。

すなわち、

「『がんばらずに成功したい』『理由なく人を殺してみたい』等の、潜在的な欲求を満たしてくれる登場人物に、感情移入出来る漫画が読みたい」

そう、これこそ、今の時代の「受け手の欲求」なのである、と。

なぜならば、

「がんばっていい結果を出すよりも、がんばらずにいい結果を出す方がかっこいい」

「自分の頭で考えて行動するよりも、自分では何も考えずに行動する（ｅｘ。人を殺す）方がかっこいい」

「いったん挫折しかけた道で、更に努力を続けるなんて見苦しい」

これこそ、今の時代の「価値観」だからである。

私の世代から上の人間にとっては頷きがたい、こういった「価値観」が、なぜこんなにも一般化してしまったのだろうか。

「がんばったところで、ほとんど勝ち目はない」

これが、「マジョリティ」＝「十人並みの能力と十人並みの容姿と十人並みの家柄を持った人間」にとっての現実である。男であれ、女であれ。

そのことを十分に自覚しつつ、「でも、生まれてきたからには、がんばれるだけがんばってみよう！」、それが、一昔前までの日本人の価値観だった。もちろん、その思いを実行することが公に許されていたのは男だけ、という現実はあったが。

が、日本の社会が豊かになり、更には、男女が平等に扱われるようになるにつれて、私の世代までは一般的だった空気＝「男のくせに、がんばらないなんて許されない」「女のくせに、がんばるなんて許されない」という空気が、いつしか希薄になっていった、と言える。

すなわち、男であれ女であれ、「がんばらなくてもどうにかなる」→「がんばったってしょうがない」→「がんばらないのがかっこいい」、これこそ、今の社会に漂う空気なのである。

この空気は、言い換えれば、がんばっている人達のことを、「またまた、もう、勘違いしちゃって（笑）」とおとしめ、笑いものにすることをよしとする、という空気のことでもある。

では、がんばっている人達のことをおとしめ、笑いものにする、彼等彼女達の心情とは、果たしてなんなのだろうか。

がんばれば、もしかしたら「勝ち組（という表現は、いやなものだけれど、このニュアンスを伝えるために適当な語句が他に見当らないため、使うこととする）」になれるかもしれないから、最後まで諦めずに努力を続けている、そんな人の生き様をおとしめることで、「自分自身」＝「もしも一生懸命にがんばったとしても、到底『勝ち組』にはなれそうにない、けれど、そのことを自覚したくもない、だから、最初から努力すること自体を放棄している」の生き様を正当化しようとしている。

要は、こういうことなのだと思う。

「私なんかさあ、どうせがんばったって無駄だと思うから、こうして最初から諦めてるのにさあ、なんであんたは、そんな風に、最後まで努力を続けたりするわけ⁉　目障りなのよね、そういう人って‼」

ぶっちゃけた言い回しすれば、こういったところになるだろうか。

こういった空気の存在を感じているからこそ、今時の若者達は、先に挙げたような「価値観」を信奉してしまうのである。

すなわち、

「がんばっていい結果を出すよりも、がんばらずにいい結果を出す方がかっこいい」

「自分の頭で考えて行動するよりも、自分では何も考えずに行動する（ｅｘ。人を殺す）方がかっこいい」

「いったん挫折しかけた道で、更に努力を続けるなんて見苦しい」

そう、こんな「価値観」を。

これらの「価値観」は、今の時代の「空気」を、具現化させたものなのだ。

とはいえ、だからといって、現実の社会で、こういった「価値観」に基づいて実際的な行動を起こすには、やはりいろいろと問題がある。

そのため、こういった「価値観」に基づいて行動するキャラクターが活躍する作品がもてはやされる、というわけだ。

漫画評論が、自身の仕事の中でのウエイトの少なからぬ部分をしめている、今の私としては、「ダメ人間」同士が傷をなめあうこの種の作品を、描いたり、読んだり、ほめあったり、といった近頃の風潮に対しては、「好きにすればあー?」と言うしかない。

とはいうものの、「私個人はそういう漫画は好きになれない、私が好きなのはこういう漫画です」、と発言するためのメディアを確保するために、読みたくない類の漫画を読み、そしてそれらを評論する、といった段取りをふまなければならない、という現実には、いささか、いや、かなりうんざりしているのが本音である。

そもそも、なんで「ダメ人間（しかも、たいていは男）」の方がでかい顔をしていて、なんでこっちが（女が）そいつらにあわせてやらなきゃあいけないんだ?

そう、これこそ、私の本音なのである。

ヒット漫画を取り巻く状況がこういったものである今、そういった風潮に真正面から歯向かっている作家達が集う雑誌がある。たとえば、日本文芸社の雑誌群、『漫画ゴラク』『漫画ゴラク・ネクスター』『別冊漫画ゴラク』のシリーズである。

二〇〇四年一月二四日（土）に放送された「アド街っく天国／神保町の回」では、神保町に本社がある日本文芸社のことが紹介されていた。『漫画ゴラク』にコラムを連載しているゲストのなぎら健壱が、「日本文芸社のイメージは?」と問われ、「ファッショナブル!」と答えた時には、テレビを見ながら爆笑したのだが、スタジオではあまり受けていなかったようだ。レギュラーの山田吾郎のコメント、「活字を読む人は『漫画ゴラク』を読まない」は、やはり真実のようではある。

が、だからこそ、「もっともっとたくさんの人に日本文芸社の漫画を読んでもらいたい！」、そう思わずにはいられないのである。

「私がほめなければ誰もほめないかもしれない」

そもそも、漫画評論であれ、宝塚評論であれ、その他各種トレンド時評であれ、私が仕事をする時には、ある一定のスタンスを保つようにしている。

すなわち、

「私がほめなければ（たとえどれほど大衆から支持されていようと、それなりに権威ある評論の場では）誰もほめないかもしれない、だから私がほめる！」

というスタンスである。

朝日新聞の漫画時評「コミック・トリケラ」の執筆や、『ＳＩＧＨＴ』の「コミック・オブ・ザ・イヤー」での対談や、「手塚治虫文化賞」「大佛次郎賞」への推薦等、私が今まで関わってきた形での、漫画評論の場で取り上げるには、『漫画ゴラク』シリーズの個々の作品は、単行本としてはやや弱い、とは思う。

が、雑誌の「勢い」というか「志」というか、とにかく、『漫画ゴラク』シリーズを読むことによって私は、「私がほめなければ、多分誰もほめないだろう、だから私がほめることによって、なんとしてでも陽の目を見させたい！」、こういった気分をかきたてられずにはいられないのだ。このことに、それはもう、間違いないのである。

こんな風に「熱い志」が感じられる『漫画ゴラク』シリーズの作品群の中でも、私が今一番好きな漫画は、『漫画ゴラク・ネクスター』に連載中の『もんもんゴスぺラーズ・新宿イエス』（現在のタイトルは『イレズミ牧師伝新宿イエス』、本沢たつや）である。

そう、今、この日本で、大量に出回っている漫画作品のうち、私にとって、見た目&中身共に「一番かっこええ！」と思えるキャラクターは、「新宿イエス」の牧師様なのだ。

私が「新宿イエス」を好きな理由その①、それは「牧師様のルックス」である。

絵のうまい作家が揃っている『漫画ゴラク・ネクスター』執筆陣の中では、本沢は、それほど絵が達者な部類ではないのだが、一応あの顔は、男性向け漫画の文法では「男前」の範疇に入るはずである。

（けど、女の目から見れば、あの牧師様は童顔で、かなり「かわいい」と思う。）

私が「新宿イエス」を好きな理由その②、それは「本沢のギャグセンス」である。元極道で今は牧師、という境遇のギャップから生じる笑いを初めとして、狙っているのか天然なのか、とにかく「大ボケ」な言動を繰り返す、牧師様の一挙手一投足から、私は目が離せないのだ。

そして、私が「新宿イエス」を好きな理由その③、それは「人情物だけれど説教くさくはないところ」である。

たとえば二〇〇二年三月号、和解出来ない兄弟のお話の場合は、「弟を改心させてハッピーエンド」、というありがちなパターンではなく、兄弟が決裂したまま、それぞれの境遇で幸せになる、という終わり方だった。この展開に、プラグマティックではないお話には白けてしまう私としては、とてもいい気分で読み終えることが出来たのだ。

しかも、「新宿イエス」は原作者を立てていない（発想の元ネタと言える書籍＆映画はあるが、中身は全然別物である）。ということは、本沢が一人で話を作り、絵を描いている、ということである。今の漫画界ではすごいことだと思うし、貴重な作家だと思う。

以上から、「牧師様最高！　宝塚でやって欲しい！」、そんな風に思ってしまうのだ。

その他にも、ここ数年の『漫画ゴラク』『漫画ゴラク・ネクスター』『別冊漫画ゴラク』等の雑誌群には、『ミナミの帝王』（天王寺大＋郷力也）をはじめとして、『火災調査官（『ブラック・

ジャック』の消防士版みたいなお話、最近では船越栄一郎主演で二時間ドラマ化されている)』(鍋島雅治＋田中つかさ)、『エロせん』(神原則夫)、『東京カルメン(『必殺仕事人』と『キャッツ・アイ』のおいしいところをあわせたみたいなお話)』(鍋島雅治＋花小路小町・連載終了)、『新・借金王』(土山しげる・連載終了)、『どろ』(土山しげる・連載終了)、『食キング』(土山しげる・連載終了)等々、私好みの作品がてんこ盛りなのである。

そして、とりわけお気に入りなのが「新宿イエス」なのであり、

「ああっ、早く単行本の第二巻が出てほしい!!」

と、日夜祈り続けているのである。

そんなことを考えつつ、京都市女性財団が運営する施設、ウイングス京都での講座「コミックで読み解くメディア・リテラシー」の準備のため、ひさびさに『ブラック・ジャック』を読み返した私は、大変なことに気付いてしまったのだ。

そう、なんと、『漫画ゴラク』系の雑誌とは、一冊まるまる『ブラック・ジャック』だらけ、と言える雑誌だったのである。

「新宿イエス」しかり、「火災調査官」しかり、「花板」も、「白竜」も、そしてもちろん「ミナミの帝王」も。

そもそも、手塚漫画の魅力とはなんだろうか。

ソーニャ「生きているのはいいわ」

（『罪と罰』）

ブラック・ジャック「生きようという意志のないものを助けても無駄です！」

（『ブラック・ジャック』）

これらの台詞を筆頭として、手塚作品には、こういった類の台詞が登場することが珍しくない。

すなわち、手塚が現役であり、そして、ほとんどの漫画家が「手塚チルドレン」と呼べる状況だった時代、手塚の提示した価値観＝「生きているのはいいわ」「生きようという意志のないものを助けても無駄です！」を、敢えて否定する作品を描くことは、困難であり、かなりの覚悟を必要としたはずだった。

しかし現在では、手塚作品では当り前だった、こういった「価値観」を否定した内容の作品を描けてこそ、作家として「格が高い」、といった風潮がある。

そう、今時のヒット作品を支える「価値観」＝「がんばっていい結果を出すよりも、がんばらずにいい結果を出す方がかっこいい」「自分の頭で考えて行動するよりも、自分では何も考えずに行動する（ｅｘ。人を殺す）方がかっこいい」「いったん挫折しかけた道で、更に努力を続けるなんて見苦しい」は、そういった風潮を体現した、実にわかりやすい事例なのである。

こういった風潮が、作り手側にも読み手側にも満ち満ちている、それが最近の漫画状況なのだ。

そうなのだ、もしもその場にブラック・ジャックがいたならば、「私は、君のような患者を助けるつもりはない！」と言い放つであろう、そんな「ろくでなし」なキャラクターこそが闊歩している、そして、そんなキャラクター達に感情移入する、「ろくでなし」な読者や編集者や評論家達ばかりが、大きな顔をしている、それが今の日本の漫画界なのである。

しかし、そういった状況がある今だからこそ、

「我々は、『ブラック・ジャック』を、手塚先生を支持します！」

こう言いたげな作品がてんこ盛りの雑誌＝『漫画ゴラク』＆『漫画ゴラク・ネクスター』を、私は応援せずにはいられないのである。

「金（ギャンブル）」＆「セックス」の描写

男性向け娯楽作品の場合、「金（ギャンブル）」＆「セックス」の描写は、どうしても外せな

いものである、ということになっている。

私は女であるため、この「定義」＝「男とは、金（ギャンブル）とセックスの描写抜きでは、娯楽作品を楽しむことが絶対に出来ない生き物である」が正しいか否か、確かめる術はない。また、確かめようとも思わない。

が、次のように思うことはしょっちゅうある。

「男とは、金（ギャンブル）とセックスの描写抜きでは、喜びを感じることが絶対に不可能な生き物なのだから、その結果、男が女を不愉快にさせることがあったとしても女に文句を言う資格などない、すなわち、男とは女とは異なる生き物なのだから、男の生理に対して女のくせに文句を言うな！」

今の世の中で当り前のこととなっている、こういった「常識」の存在を、果たして今のまま許していていいものだろうか？　という点について、私はしばしば悩むのである。

男の側がしばしば用いたがるこの理論を、もっと単純明快にまとめればこうなる。

「悪気がなければ他人にどんな思いをさせてもかまわない」

「悪気のない人間は他人をどんな目に合わせようと責任を取る必要はない」

これこそ、男が好む理論、いや、自身が「加害者扱い」される恐れのある場合にのみ、男が援用したがる理論である。

が、こういった理論を好む輩を表現するための言葉を、日本語はちゃんと用意している。

「盗人猛々しい」

そう、これこそ、上述の理論を好みたがるタイプの男に相応しい文言なのである。

そして、たいていの男性向け娯楽作品は、女の目から見て、「盗人猛々しい」と言いたくなる空気に満ち溢れているのが現状なのである。

そんな中、「ここの作家達の作品は違う……」、こんな風に思えたのが、『漫画ゴラク・ネクスター』の作品群なのだ。

『漫画ゴラク・ネクスター』だけでなく、日本文芸社の発行するあらゆる雑誌上で、大車輪の活躍をしている作家が土山しげるである。

中でも、『漫画ゴラク・ネクスター』で連載されていた『どろ』は、風俗業界でのしあがろうとしている男が主人公であるため、エロ・シーンが満載である。

土山の絵は抜群にうまく、しかも、やや泥くさいため、そういったシーンは、まさに「官能劇画」という表現がぴったりのものである。

が、女の目から見て、何かが違うのだ、土山の描くエロ・シーンは。

普通、男の作家の描くエロ・シーンからは、「こういうシーンを描けるのがうれしくてうれしくてたまらない！」というオーラが出ているものである。

要は、「おまんこがいっぱい描けてうれしい！」、というオーラのことである。

しかも、中には、そのことを全く自覚していない男性作家も少なくなく（その筆頭が石井隆である）、そういった場面を見るにつけ、「要するに、おまんこが描けて嬉しいだけのくせに、芸術家ぶりやがって……むかつく！」といった気分になるため、女の私としては、読んでいてめっちゃ不愉快になるのが常なのだ。

しかし、土山の場合は、男性作家であるにもかかわらず、むしろ、「これが私の仕事なのだから、がんばって、いやらしいシーンを描かなければ……！」という悲壮な思いこそが伝わってきてしまうのである。

そのため、「あんた、エロ漫画には向いてないんだから、そんなに無理してフェラチオのシーンなんか描かんでもええのに……」という、一種の痛々しさをこそ、むしろ感じてしまうのであり、だからこそ、私は土山のファンなのだ。

（エロ劇画であれ、極道劇画であれ、彼のペンが一番生き生きと動いているのは、なんといってもやはり食事シーン、特にラーメンを食べているシーン、である。その意味で、土山こそ、「至高のグルメ漫画家」と評されるべき作家だ）

そして、そんな土山と同様の「におい」を漂わせている男性作家が少なくないこと、これもまた、『漫画ゴラク・ネクスター』の特徴なのである。

あるいは、「金（ギャンブル）」についてもしかり。

「金でいやな思いをさせられるのはもううんざり！」だから、「大人になった今、並みの人間よりも金にこだわってしまう」私は、ゆえに、『ナニワ金融道』（青木雄二）よりも『借王』（土山しげる）や『ミナミの帝王』（天王寺大＋郷力也）を愛する。

ていうか、『ナニワ金融道』を読んで、世の中の汚い部分を「わかったつもり」になっている、「自身は金でいやな思いをしたことがないおぼっちゃま達」が、私は大嫌いなのだ。

更に付け加えれば、『借王』『ミナミの帝王』と『ナニワ金融道』の違いは、後味の悪さの有無にある。

「勧善懲悪ゴラク作品」ならば、決して不幸にしてはならないキャラクター、最後には救ってあげなければいけないキャラクターについての認識の有無こそが、その差異を生み出す要因である。『借王』に出てくる刑事達は、法律上は極悪人だが、人間として「エグい」ことはしないのである。

つまり私は、そういったキャラクターを殺さないよう（不幸にしないよう）、極力心がける作家、すなわち、「熱くて」「健全」なメンタリティを持った作家の作品が好きなのだ。永井豪が苦手な私が、なぜ石川賢を好きなのか、その理由もまた、そこにあるのだと思う。

つまるところ、『ナニワ金融道』とは、「強きを助け弱きをくじく（あるいは、強きが助けられ弱きがくじかれるのを傍観する）話」である。

他方、『ミナミの帝王』は、「弱きを助け強きをくじく話」である。

なればこそ私は後者を愛するのだが、しかし、なればこそ後者は、「まるでマンガみたい、所詮は女子供を喜ばせるだけの絵空事」として貶められ、ちゃんと評価されることがないのである。

けどまあ、よりメジャーな男性向け雑誌の作家と編集者と読者および漫画を評論する立場にある者が、前者のような作品を望んでいるからこうなった、というだけのことではあるし、それはそれでいいんじゃあないですか？

「シネマディクト＝映画狂」とは程遠い生き方をしてきたからこそわかる「かつての日本映画の魅力」について語りたい

一時期、古い邦画を、大量に見る機会に恵まれた。池波正太郎のような「シネマディクト」的生活とはそれまで縁がなかったため、なおさら印象深かった。映画に関してはまるっきり素人である私は、「映画評を書く」という立場にはふさわしくない人間かもしれない。が、「映画が好き」で「映画を仕事にしている」タイプとは異なるからこそ、見えてくるものもあるはずだ。そんな風に考えつつメモしておいたことを、ここで披露してみたい。

×月×日

ひさしぶりに『砂の器』を見る。

（監督・野村芳太郎　出演・丹波哲郎、森田健作、加藤剛、緒形拳）

モノクロの頃から最近の作品まで、それなりの量の邦画を見た結果として、「あの戦争がなければ日本映画の秀作は成り立たないのでは」、という思いを抱くようになった私だが、この映画もまた、戦争で原戸籍が焼けてしまった、というエピソードによって成り立っている。

吉村「和賀は、父親に会いたかったんでしょうねえ」

今西「そんなこと決まっとる！」

父親に会いたい、けれども会えない、だから恩人を殺してしまった。

それが『砂の器』である。

が、今時の、私よりも年若い観客には、こういったお話は通じないように思う。とはいえ、それは必ずしも、彼等彼女達の罪ではないのかもしれない。なぜなら、彼等彼女達は、「父親に会いたくない、だから恩人を殺してしまった」、こういった、単純なお話しか見せてもらえないまま、大人になってしまったからだ。

では、なぜ彼等彼女達は、「父親に会いたくない、だから、恩人を殺してしまった」、こういった、単純なお話しか見せてもらえないまま、大人になってしまったのだろうか。

彼等彼女達の親の世代、つまり、「私の世代と私の親の世代の間にいる世代＝団塊の世代＝数が多いために声が大きい世代」が、こういった単純で浅薄なお話しか「見せなかった・作らなかった」からである。

それでは、なぜ「団塊の世代＝数が多いために声が大きい世代」は、こういった単純で浅薄なお話しか「見せなかった・作らなかった」のだろうか。

バカだから。

それ以外に理由はないように思える。

とはいえ、普通は「バカ」なら、「力」を手に入れることなど出来ないはずである。

だが、「数は力」だったため、「バカでも力を手に入れることが出来てしまった」のである。

考えてみればいい、会社でも、「少数精鋭の期」よりも「人数が多くて同期閥が強い期」の方が、結局は勝ってしまう、ということがままあるだろう。「能力」ではなく「数」こそ力なのである。

個人的には、笠智衆と加藤嘉と佐分利信が一度に見られる「お得さ」、特に、加藤嘉の演技が見られるのが嬉しい作品なのだが、地上波での放送は、もはや無理なのだろうか。どうしても地上波で放送しようとしたら、加藤嘉の出演シーンは全部カットされてしまうかもしれないし、それじゃあ、何が何だかわかりゃあしないしなあ。

何度見ても、ラストの字幕の最後の一文（「親と子の宿命は永遠である」云々）は蛇足だと感じる。

主人公・和賀（加藤剛）の子供時代を演じている子役が、宝塚月組の二番手スター・霧矢大夢ことキリヤンにそっくりなことに気付いたのが収穫だった。

×月×日

『不毛地帯』を見る。

（脚本・山田信夫　出演・仲代達矢、八千草薫、丹波哲郎、小沢栄太郎、山本学）

「社会派」ぶってはいるが脚本・演出の底は浅い。

思いがけず加藤嘉が登場し、しかも、その役どころが「自衛隊のスター（似合わねえー！）」だったので、大いに驚く。

「うわーい、加藤嘉だあ」、という喜びがなかったとしたら、見た後には不快感しか残らなかったろう。

×月×日

『あの波の果てまで』を見る。

（一九六一年／松竹　監督・八木美津雄　原作・大林清　脚本・富田義朗、芦沢俊郎　出演・津川雅彦、岩下志麻、高峰三枝子、笠智衆）

「古臭いメロドラマみたいだし、チャンネル変えようかな」

と思っていたが、ヒロインの父親役で加藤嘉が登場した途端、「ワーイワーイ！　加藤嘉だあー!!」と、たちまち最後まで見る決心をする。

「いろいろおてかずをかけまして……」

という台詞に、「いつから、『お手数』は『おてすう』になったのだろう」、と思う。

私にとって、以前に見た『霧の旗』（旧）での新珠三千代の台詞、「よかったわ、これで先生のくったくごとがなくなって」以来のヒットである。台詞についついこだわってしまう私としては、こういった発見こそが、古い邦画を見る際の楽しみなのである。

が、私の心を一番ヒットした台詞はこれ、

　主人公の友人「おまえには千秋さんの悩みぬいている気持ちがわからないのか、お前の愛情はそんなへなちょこなものなのか！」

「へなちょこ」って……。

ヒロインを保護した駐在に貼ってあった「ゆすりたかりは警察へ」のポスターのデザインがレトロでいかす。

×月×日

木下恵介特集で『女の園』を見る。
（一九五四年／松竹　監督・木下恵介　原作・阿部知二　脚本・木下恵介　出演・高峰三枝子、高峰秀子、岸恵子、久我美子、田村高廣、田浦正巳）

頭の固い男性クリエイターの手になる中途半端な女性描写を見せられるぐらいだったら、『白い巨塔』のようにおっさんばっかりが出てくる映画の方が好き。

そう思いつつ、古い日本映画を見ていたのだが、日本の男性作家がこういう作品を、すでに四八年前に作っていた事実を知らされると、「この五〇年はなんだったのか……」という気分になる。

「逆行の雰囲気がのしかかってるのよ、日本全体の空気よ」

「名をあげること」で頭が一杯だった男性監督のオナニーでしかなかった、女子校を舞台にした近年の作品『櫻の園』（中原俊）の百倍以上いい。つまり、単に「衰退している」というよりも、「逆行・退化している」と言いたくなるのが、日本映画の現状なのである。

いや、「逆行・退化している」のは、実は日本映画だけではない。

「うちの学生がアカだと思われたら困るんです」

宝塚の座付き演出家谷正純脚本・演出による星組公演『プラハの春』を観劇した日の夜、この映画を見たため、より一層憂鬱になってしまった。だって、宝塚もまた、この日本映画よりも退行しているということが明らかなんだもの。

「男の学生は女よりも社会に積極的だ」

「どうして男の人はすぐ『男として』なんて言うのかしら、一緒じゃないの、女と」

「日本映画が斜陽となり、映画会社に就職出来なかったから宝塚に入った（そうでもなきゃ、誰が好き好んでこんな会社になんか入るもんか）」

こういった趣旨の発言を繰り返している谷だが、だとすると、もしも映画会社に就職出来ていたとして、いったいどんな映画を作りたかったのだろう。

「結局、学長は平和を望んではいないのですね、国防婦人会の奥さんを作るのが目的なのですね」

「この学校の場合、再軍備で儲けようとしているところとつながっているんです」

ていうか、デビューして、もう二〇年以上になるというのに、そしてその作品のほとんどを見ているというのに、（谷先生って、どんな映画のファンだったんだろう……）という問いの答えが見えてこないっていったい……とまあ、「谷正純への不信・不満・違和感」で頭がいっぱいなうちに見終えてしまった映画だった。

「密告をする寮生」＝「寮の中で一番ブスな女学生」という設定をのぞいては、男が作ったにしては「ヒューマン」な作品だったと思う。

×月×日

『東京の女性』を見る。

（一九三九年／東宝　監督・伏水修　原作・丹羽文雄　脚本・松崎与志人　出演・原節子、江波和子、立松晃、水町庸子）

自動車会社のセールスレディ役を演じる原節子が、「恋か、仕事か、どちらか一つを選ぶとしたら……」という問いに悩む。が、最終的には、恋人は妹と結ばれ、原は仕事に生きる道を選ぶ。

メロドラマとしては、「あんな男とは別れて正解！　一度裏切った人間は、何度でも裏切るんだから!!」という感想が浮かんでくるだけである。それ以上でも以下でもない。

しかし、「恋か、仕事か、どちらか一つを選ぶとしたら……」という問いに悩むキャリアウーマンを描いたこの映画の製作年度が昭和一四年とは！

×月×日

『閉店時間』を見る。

（一九六二年／大映　監督・井上梅次　原作・有吉佐和子　脚本・白坂依志夫　出演・若尾文子、江波杏子、野添ひとみ、川口浩、川崎敬三、竹村洋介）
○に高の字の「まるたか屋」デパートが舞台。和装売り場で働きながら、声優教室に通い盲人のための朗読のボランティアをしている女店員、出入りの取引業者と恋愛結婚する地下食料品売り場の女店員、優秀な広告マンだが最低男と不倫しているエレベーターガール。今でもリアルに通じるキャラクター設定だが、個々の台詞は、今見るとなんとなくコミカルだ。

「今は池袋の店に行ってるんです、つまり左遷ですね」
「私は一生地下売り場ですね。社長の血族をもらったならともかく、靴下売り場の子なんかだったら、おわりですよ」

声優教室の先生に失恋したヒロインに、同じ部署の後輩、だが高卒のヒロインよりも立場が上の大卒男子社員が近づく。

「仲直りさせてくれ、君が女のくせに……失礼、女ながらがんばってくれているから」
「私も、あなたが新入りのくせに……失礼、新入社員ながら」

今も見られる人間関係によるトラブルが頻発しており、いくらでもギスギスした展開が可能なのだが、この映画の場合、なんだか妙にさわやかだ。

「私、この頃人生がすごく楽しいの、あなたとまだまだ仕事をしようと思ってるから！」
「恋も仕事もがんばろうとする女」「恋も仕事もがんばろうとする女だからこそ彼女を愛する

男」、などという設定が、均等法施行後の現代よりも、むしろストレートに展開されている。

「何よ、ニヤニヤして」

「主義は違うけど、はっきり意見を述べる女性って素敵だね」

「所詮は絵空事」「現実には絶対に有り得ない」「でも、心の底では『こんなことがあったらいいなあ』と皆思っている」、そんな風に思える時代だったからこそ成り立ったお話なのか。

「私、結婚した後も、仕事もライブラリー（朗読のボランティア）もやめないつもりよ、あなたも家事を手伝ってね」

「せめて婚約の接吻ぐらいさせてくれよ」

「ここで!?　まあ、不潔だわ」

「不潔、そんな考えは古いよ」

というラストを迎え、ハッピーエンド、なわけである。

素行が悪いという噂のある女店員を薬局まで尾行し、成り行き上、高価な疲労回復薬を買う

羽目になった上司の、

「……デパートで買えば一割引なのに」

の台詞に一番笑った。

×月×日

『人生選手』を見る。

（一九四九年／国際放映　監督・田中重雄　原作・井上友一郎　脚本・菊島隆三　出演・小林桂樹、清水将夫、月丘千秋、堀雄二、小堀誠、浦辺粂子）

「僕から野球を取ったらただの床屋の息子さ」

「俺にとっては趣味や遊びじゃない、一生の仕事だ」

「この秋のリーグ戦が勝負だ、プロになったら君とゴールインさ」

縦軸は絵に描いたような青春スポーツドラマだが、横軸として、没落はしたものの、知性も品位も教養もある名家出身の父親が、息子と娘に、「（家柄に頼らず）自分の力で生きていける人間になれ」と訴えるドラマが描かれているため、奥行きが深い。
「働く＝下賤な行為」と教え込まれてきた人間が、その考え方の間違いに気付きつつもふっきれない、その苦悩と正面から向き合うシーンがクライマックス。

「働くということを教えられなかった、いや、出来なかった、わしの不徳のいたすところだ、君にプロ入りの話がきた時、わたしはもろ手を上げて賛成したろう、わしは君に自分の力で生きていける人間になって欲しかったんだ、信彦、（妹の）礼子をご覧、女中が送り迎えしなければ学校にも行けなかった人間が、東京に放り出されても生きていける婦人になったんだ、わしはおまえの仕事を旦那芸で終わらせたくない」
「お父さん、僕は、『野球は仕事じゃない、趣味だ道楽だ』と言うことで、仕事の苦しさから逃げていたんです」

×月×日
『下町の太陽』を見る。
（一九六三年／松竹　監督・山田洋次　脚本・山田洋次、不破三雄、熊谷勲　出演・倍賞千恵子、勝呂誉、

早川保、待田京介、葵京子）

「私だって日当たりのいい団地に住みたいわ、でもきれいな部屋の中で、きれいな服を着て、お茶を入れたり編物をしたりするのが女の幸せとは思えないの」

「貧乏な人たちは金持ちよりも心根が美しい」と言いたがる作品が少なくない。が、『下町の太陽』は、タイトルから受けるイメージとは裏腹に、「貧乏は、人間の心根を卑しくすることの方が多い」という、隠されがちな現実を描いた作品だった。今の時代ならば、確実に「負け組」呼ばわりされるだろう人達の本音が描かれているため、見ていて居心地の悪いものはある。

しかし、だからこそ、ヒロインのこの台詞が際立つのである。結局は、人の心を卑しくするのも気高くするのも、要は個々人の「気の持ちよう」なのである。

この作品をはじめとして、かつての邦画を見ていると、当時の日本の社会は、「工員と月給取りの対立」によって成り立っていたんだなあ、ということがわかる。やがて日本が、「一億総中流」＝「階層対立によるドラマのない社会」へと変わっていくのと並行して、邦画は廃れていったのだとすれば、もしかしたら、これからまた邦画の復活が有り得るかもしれない。

だって、今の日本は、「生まれによって『勝ち組』と『負け組』がきまってしまうシステムを良しとする国」、そう、言ってみれば、「機械の体が買える人と買えない人が存在する国」へと、作り直されつつあるのだから。

「田宮二郎＝顔が良くてガタイが良くてハジキの扱いがうまくて関西弁をまくしたてる男」こそ「理想の映画スター」である

×月×日

田宮二郎の「犬」シリーズ特集で『宿無し犬』を見る。

（大映　監督・田中徳二　脚本・藤本義一　出演・田宮二郎、江波杏子、天知茂、成田三樹夫、坂本スミ子）

『白い滑走路』でのパイロット姿（めちゃカッコよかった！）、『白い地平線』でのピアニスト姿、そして、カラー版『白い巨塔』での「財前教授の総回診です！」の姿をかろうじて覚えているTV世代としては、「鴨井大介＝河内弁を話すヤクザな男の役」の田宮二郎、というだけで新鮮だ。

田宮＝鴨井による印象的な台詞を挙げると、

「二五万、これだけあったら専売公社が買えるで」

「これ、一枚五円はするやろ、一枚五円もする名刺、俺にはもったいない、それに俺は名刺は嫌いや、書いてあることやったらもう覚えたで」

「一泊七〇〇円なんてホテル、用はないわ」

「二〇〇円か、まあ別に損したわけやないし」


とまあ、こういったところか。

が、一番大事なキーワードといえばやはり、しょぼくれこと木村刑事役の天知茂に向けての決め台詞、「おまえの月給上げたるわ!」、である。

大興組の若頭を演じている若き日の成田三樹夫が、元宝塚歌劇団専科・成瀬こうきことオッチョンにそっくりなことに今更気付く。オッチョン、やめるってわかってたら、二〇〇二年三月の宙組公演『カステル・ミラージュ』、もっと通ったのに……。

『カステル・ミラージュ』をはじめとする、小池修一郎作・演出による、アンダーグラウンドを舞台にした宝塚歌劇が面白くない理由とは、「ヤクザの論理」(「ヤクザの美学」ではない、そう言いたがる輩は多いが、それは詭弁である)をわかっていない人間が「ヤクザのお話」を作ろうとしているからなのだと思う。

『漫画ゴラク』『漫画ゴラク・ネクスター』等が物語る「ヤクザの論理」の中から、堅気の人間も頷きたくなる点を見つけるとするならば、それは、「男のやせ我慢」ということになる。「おまえのためなんだ！」とは決して言わずに、自分以外の人間のために行動する、あるいは逆に行動を慎む。

そういった「やせ我慢」を堅気の人間以上に貫こうとするのが、「（フィクションに登場する）ヤクザの行動原理」なのであり、現実には堅気以外の何者にもなれない人間が、なぜか「ヤクザを描いた作品」を求めてしまう理由は、そこにこそあるのである。

昨今のヅカファンの間では、正塚晴彦作品のキーワード＝「自分探し」、が定説となってしまっているが、私は違うと思う。

そう、「男のやせ我慢」、これこそ実は、正塚晴彦作品のキーワードなのだ。

とはいえ、宝塚歌劇の様式（化粧、衣装、音楽、装置等々のこと）に、日本のヤクザのビジュアルは似合わない。

そのため、宝塚の舞台には、とりわけ、正塚先生の作品には、その様式に似つかわしいビジュアルを備えた「ヤクザな男達」、すなわち、マフィア、ジゴロ、ゲリラ等々が、しばしば登場することになるのである。

他方、キャリアや実力では正塚先生に劣らないはずの小池修一郎が、これらのキャラクターに手を出して作品を作った場合、たいてい精彩を欠いてしまう理由とは、「ヤクザな男が堅気の観客の人気を博する理由」＝「男のやせ我慢を見てみたい！」という一番肝心な部分が、小池先生には全く理解出来ていないため、なのだ。

もしも小池先生が、「だけど、どうしてもこの種の世界を描きたいんだ！」、というのならば、『漫画ゴラク』や『漫画ゴラク・ネクスター』等をよく読んで、もっともっと勉強して欲しいと思う（いうて、こういうもんは、いくら勉強したからって、身につくもんじゃあないんだろうけどねえ）。

ちなみに、しょぼくれの役は、宝塚ならばもちろん初風緑。

×月×日

田宮二郎の「犬」シリーズ特集で『喧嘩犬』を見る。

（出演・田宮二郎、成田三樹夫、坂本スミ子、「銭形平次」で簑輪の親分をやってた人）

鴨井「わいはハジキ触るのは好きやが、人バラすのは好かん」

途中から見たので、スタッフ・キャストのほとんどはわからずじまいだったが、一番大事なキーワード＝「おまえの月給上げたるわ！」、という点は、第一作『宿無し犬』と共通している。

そもそも、途中から見たとしても十分話がわかって楽しめる、という点が、当時の日本映画の魅力だった、とも言える。

かつては宝塚もそうだったように思うのだが、昨今のヅカファン気質を思えば、このことは美点でもなんでもないらしい。たとえば、座付き作家中村暁による『夢・シェークスピア』や『黄金のファラオ』に対して、「ストーリーがわかりきっているから駄作！」と言いたがるファンが多かったのがその証拠だ。私個人としては、ハートウォーミングな大衆向け娯楽作品に、「あっと驚くようなどんでん返しが必要」とは、およそ思えないのだが……。

殴りこみのシーンのBGMが「サマータイム」、というあたりがおしゃれ。

×月×日

田宮二郎の「犬」シリーズ特集で『ごろつき犬』を見る。

（一九六五年／大映　監督・村野鐵太郎　脚本・藤本義一　音楽・山内正　タイトルバックは多分大橋歩　出演・田宮二郎、水谷良重、江波杏子、天知茂、成田三樹夫、坂本スミ子、根上淳、宮口精二、中田ダイマル・ラケット）

鴨井「どないや、ちゃんと月給上がったか」

＊

鴨井「これ以上おまえの月給上げたからってどないなる」

しょぼくれ「別におまえにもろうてるわけやないがな」

鴨井「そやな、俺かて市民税はろてないしな」

＊

しょぼくれ「俺がうどん好きなのは俺の人生観や、たたいて伸ばして細長く」

三作目となると、「結局どうなるかは誰が見てもわかるけれど、けれど誰もが見たがるオーソドックスな展開」をもはや使うことが出来ず、あちこちに「どんでん返し」を仕込んだ結果としての無理が感じられ、さすがにつらい。

後半は、「なぜそうなったか」を説明する場面が多くなってしまうため、展開にテンポが感じられない点もつらい。

その上、成田三樹夫が、ストーリーの半ばで早くも死んでしまうのも大層つらい。

個々のやりとりは、ますます「漫才度」が増し（なにせ、ダイ・ラケ師匠が出てるくらいやし)、小気味はいいのだが。
カラーになるとかえって趣がなくなる、という好例。

×月×日

田宮二郎の「犬」シリーズ特集で『鉄砲犬』を見る。
(一九六五年/大映/八五分/カラー　監督・村野鐵太郎　出演・田宮二郎、天知茂、坂本スミ子、北林谷栄、小沢昭一、安部徹)

鴨井「ようも俺のハジキにケチつけてくれたな、俺はハジキで人殺ししたことはないが、おのれは別や」

山高帽にアスコットタイ、赤いポケットチーフに赤ベストと、こうして書き出して見れば、ほとんどアニメのキャラクター状態なのだが(水色ジャケットだった「旧ルパン三世」よりも遙かに派手)、それを違和感なく着こなしてみせる、田宮二郎に脱帽。今時、あんなスターはいない。

田宮の達者な台詞回しをきいていると、

「たとえ肩の凝らない、大衆向けB級娯楽作品でも、やっぱり主役はうまくなくっちゃあ……」

と、素直に思える。

「犬」シリーズの、ヒーロー鴨井と、しょぼくれこと木村刑事のやりとり、そしてラストのお約束の、警官隊のなだれこみシーンを見ていると、ルパンと銭形のやりとり、そしてお約束のモブシーンが思い出され、「そうか、宮崎アニメのルーツの一つはここにもあったのか……」と、つくづく思う。

つまりは、

「田宮二郎を見ずして現代日本のエンターティメントを語るなかれ」

なのであり、

「日本映画の黄金時代の作品を見ずして宮崎アニメを語るなかれ」

なのだ。

宮崎アニメが受けるのは、「かつての日本映画の面白さ」を知っている人達をも巻き込める面白みを抱えているから、である。

だとすれば、その魅力を一番最初に見つけた、すなわち、興行的には失敗した宮崎駿初劇場用作品『ルパン三世・カリオストロの城』を評価した「おたく第一世代」は、ただ単に「非王道的娯楽作品（だけ）の礼賛者」だったのではなく、「王道的娯楽作品を（も）正当に評価出来る真っ当な観客」だった、と言える。

すなわち、「おたく第一世代」と「それ以降のおたく世代」との間に存在する「溝」の一つとは、「王道的娯楽作品を（も）正当に評価出来る能力の有無」なのである。

ロケ地は神戸。最後には、今の神戸海洋博物館前で大銃撃戦。古い日本映画に映る、昔の東京の町並みももちろん見ていて楽しいが、それが震災前の神戸となると、神戸出身の私としては思いも一入《ひとしお》だ。

×月×日

田宮二郎の「犬」シリーズ特集で『続・鉄砲犬』を見る。
（出演・田宮二郎、天知茂、夏八木勲、坂本スミ子）
鴨井「『そやけど、殺人現場の部屋をすぐ貸すやなんて、大阪よりがめついな」
鴨井「大阪にはな、きつねうどんはあっても、けつねうどんはないわ」
鴨井「信じるか信じんかはおまえの勝手や、けどな、信じるちゅうことは姉ちゃんの幸せを願う事や」

相変わらず、おいしい台詞は多いのだが、成田三樹夫が出てないのが物足りない。

×月×日

田宮二郎の「犬」シリーズ特集で『野良犬』を見る。

（一九六六年／大映／八七分／カラー　監督・井上芳夫　出演・田宮二郎、坂本スミ子、成田三樹夫、高毬子、長谷川待子、藤岡琢也、東野英二郎、成田三樹夫）

あっ、成田三樹夫が復活してる！

しかも、今度は三下役じゃあなくって、やくざの親分をつけねらうピストルの名手・風間役！

最初は敵役だけど、最後には主人公の活躍のおかげで改心するおいしい役！

風間「鴨井さん、妹は、（あなたの気遣いのおかげで）僕がまともな人間だと信じ切っているんです、こんなうれしいことはありません……！」

兄が殺人犯だと知らず、事故で入院している成田三樹夫の妹のところへ、取材に殺到しようとする新聞記者たちと田宮＝鴨井のやりとりにスカッとする。

鴨井「おのれらには新聞記者の立場があるように、俺は俺の立場でやらしてもらうわ」
記者「今時そんな任侠が通じると思っているのか！」
鴨井「なんやとおっ、おまえらマスコミやなくてマスゴミじゃ！」
記者「僕達には記事を書く権利がある！」
鴨井「おのれはそれでも人間か！」

いやあ、今時の映画よりもずっと面白く感じるなあ。今の若い子が「旧ルパン」を見てキャーキャー言ってるのは、多分こういう気分なんだろうなあ。
けど、今回は、成田三樹夫のウエイトが大きいためか、しょぼくれこと天知茂が登場しない。そのため、ラストの警官隊の大突入シーンも登場しない。うーん……。
この頃から、日本映画は予算が苦しくなってきていたのだろうか。

×月×日

田宮二郎の「犬」シリーズ特集で『早射ち犬』を見る。
（一九六七年／大映／八六分／カラー　監督・村野鐵太郎　出演・田宮二郎、天知茂、坂本スミ子、藤岡琢也、成田三樹夫、財津一郎）

財津「君は更生の道を、私も厚生の道を、がんばってちょうだいっ！」

アパートのオカマの住人、実は厚生省の麻薬取締官役の財津一郎がおいしい。

鴨井が一度に二本のたばこに火をつけ、しょぼくれに渡そうとするも、彼はすでに去っている、というラストシーンから、やはりこのシリーズの主役は田宮と天知だったということがわかるのであり、その意味で、実に「宝塚っぽい」からこそ、私はこんなにも「犬」シリーズにはまってしまったのだろう。

Tシャツにハンチング、という難しいコーディネートであっても、さらりと着こなせる田宮二郎の顔立ちの良さ・顔の小ささ・ガタイのよさに、「スターはやはりこうでないと大衆向け娯楽作品の主役は演じられないんだなあ……」と納得する。もちろん、芝居がうまいのは当然の事だ。

ストーリーの基本は、毎回主人公が、知り合った女のために骨を折ってやるが、結局その女は主人公以外の男に惚れていて、（ヒロインが幸せになる場合であれ、死んでしまう場合であれ）主人公は彼女と結ばれることなく、一人で去っていく、というもの。つまり、ベタベタで王道のパターンなのである。

同種の人気作品としてまず思い浮かぶのが、「男はつらいよ」シリーズである。が、「男はつらいよ」には私がはまれなかった理由とは、「山田洋次の演出は甘すぎる」（by池波正太郎）こともさることながら、やはり、主役の渥美清が、田宮二郎ほどにはかっこよくはない、という点にある。渥美清が相手では、女の私は、夢を見ることが出来ないのだ。

これは何も、「ブ男は見たくない」、という単純な理由だけではない。

その没後、「あの寅さんに愛人が！　愛人と本妻の泥沼の歳月！」といった記事が、週刊誌をにぎわせたことがある。トーンとしては、「あんな、女には不器用そうな男に見えながら、実は……！」的なニュアンスで報道されていたように思う。男のジャーナリストとしては、こういったアプローチしか浮かんでこないのだろう。

が、女の観客としては、こういった記事を見ても、「ああ、やっぱり……」といった感想しか浮かんでこない。

「女にはもてそうもない、誠実なブ男を演じてても、やっぱ芸能人だもん、男の芸能人なんて、どうせそんなもんだよねえ……」

こんな感想しか浮かんでこないのが本音なのだ。

つまり、「ヒーローが、『誠実そうで女には不器用そうなブ男』では、女の観客は夢が見られない理由」とは、すなわち、「ヒーローが、『誠実そうで女には不器用そうなブ男』の映画」を見ている際、女の観客は、「女にはもてそうもない、誠実なブ男を演じていても、やっぱ芸能人だもん、男の芸能人なんて、どうせ……」といった気分を常に感じてしまうものであり、しかも、「だけど、これは映画なんだから、この役者の私生活がどうであれ、気にしないようにしなきゃあ……」的作業を常に強いられつつ大衆向け娯楽作品を見なければならないということになってしまうため、なのだ。

これは疲れる。

が、主役を演じる俳優が、田宮二郎のように、「どっから見ても二枚目、女にもてるに決まっている」だった場合。

主役を演じる俳優が私生活では女にだらしない、という行状を知ったとしても、

「そら、あんなにかっこええねんもん、しゃあないわなあ」

これで終わりである。ストレスを感じることはない。

あるいは逆に、ああ見えて、実はすごく純情で、愛妻家だったとしたら、

「ええっ、人は見かけによらんもんやなあ、けど、考えてみたら、女にもてる男は女に不自由

してるわけないんやから、ガッガッする必要なんかあらへんもんなあ」と、これまたストレスを感じる必要がないのである。

なればこそ、「主人公＝誰が見てもかっこいい男」という作品を、女の観客は求めているのだ。

まあ、日本のエンターティメント業界で働こう、なんていう考えの持ち主が、女の観客の気持ちなんか斟酌しようとするわけはないけどね。

×月×日

『勝負犬』

（一九六七年／大映／八八分／カラー　監督・井上芳夫　出演・田宮二郎、天知茂、坂本スミ子、藤岡琢也、永田靖）

シリーズ最終作のはずである。確かに、見た記憶もあるし、その証拠に、データもメモしてあるのだが、なぜか感想は書き残していない。

がっかりしちゃったのかも。

×月×日

『黒の試走車』を見る。

（一九六二年／大映／九五分　監督・増村保造　原作・梶山季之　脚本・舟橋和郎、石松愛弘　出演・田宮二郎、叶順子、船越英二、白井玲子、高松英郎）

「真相を追究する部長・高松英郎＝凡百の作品ならヒーローであるはずのキャラ」がヒール、という点がポイント。

手段を選ばないやり方で、ライバル会社の重役・馬渡に会社の機密を漏らした犯人（社長の娘婿）を追い詰め、

部長「死にたければ死ね、君が死のうがどうしようが知ったことか」

と言い放つシーンが圧巻。

だが、映画自体のヒーローは部下の朝比奈＝田宮二郎。連日田宮二郎漬け、である。

朝比奈「会社ってなんです、人間よりも偉いんですか」

部長「俺は馬渡に勝った！」

朝比奈「勝った⁉　あんたは負けたんだ、あんたは馬渡と同じ人間に成り下がったんだ！」

ラスト近くでのこんなやりとりにしびれてしまう。

会社の利益のため、自身の恋人・昌子に、「ライバル社の重役と寝て、情報を手にいれてくれ」と頼む展開は、この映画を見た二〇〇二年一月に、東京宝塚劇場で上演されていた雪組東京公演『愛燃える』と同様。

が、『愛燃える』のヒロイン西施と違い、昌子は、

朝比奈「愛してるから頼むんだよ」

昌子「きちがいね、あんた」

と、言い放つ。

今から四〇年程前の日本のエンターティメントは、女にこんなことを頼む（ｏｒ命令する）男のことを「きちがい」呼ばわりする真っ当さを持っていたのだ。

が、私としては、日本のエンターティメントにもこの種の健全さを持っていた時期があったなどとは、つい最近まで知らなかった。

だとすれば、次に私が知るべきなのは、「では、日本のエンターティメントは、いつ頃からこの種の健全さを失ってしまったのか？」、である。

悪役＝関東軍出身者つながり、という点や、ＢＧＭが、「犬」シリーズのようなおしゃれな「ズージャー」ではなく、いかにもな現代音楽、という点が社会派っぽいかも。

×月×日

『悪名一代』を見る。

「あいつらやっつけたら靖国神社に祀ってもらえまっしゃろか、あいつらやっつけたら、少しは国のため人のためになりますやろ」

主役が勝新で、三下役が田宮二郎なのだが……田宮はやはりセンターでこそ映える。ていうか、勝新の芝居は個人的に苦手。

×月×日

映画版『白い巨塔』を見る。

「財前先生が無理なら里見先生を呼んでください」
「それはできません、第一外科の患者です」

なんだかんだ言っても、「権力争いをしている他人が勝ち負けする様」を面白がってしまうのは、やはり人間の性なのか。

原作や二〇〇三〜〇四年のテレビ版の前半部分だけを扱った、映画版『白い巨塔』で描かれたテーマとは、「法律上の善悪」と「人間としての善悪」は違う、ということである。つまり、「勝ち組」「負け組」はヒューマニズムに反する発想なのだ、という主張にもつながる内容を抱えているのである。

東野英二郎と小沢栄太郎がしばしばごっちゃになってしまう私だが、この映画では完全に対立する教授役でそろいぶみなため、間違えることはない。

宝塚歌劇団で言えば汝鳥玲にあたるタイプの人、つまり、「腹黒いおっさんの役が似合うベテラン俳優」が大勢出てくるため、見ていてうれしい。

あっ、清廉潔白な老教授役で、加藤嘉が登場だ！ワーイワーイ!!

私は加藤嘉が大好きなのである。オフではどんな人だったのか、全然知らないのだが……加藤嘉のシネアルバムとか出ないかなあ……（出ねえよっ！）

けど、教授戦の裏をこんな風に描かれると、「じゃあどうして、加藤嘉演じる大河内みたいな高潔な人間が教授になれたんだろう……」といった、根源的な疑問が生まれてしまう。

ともあれ、かっこいい田宮二郎の姿に、「やっぱり私は日活よりも大映が好き」との思いをあらたにする。

ちなみに、田村高廣演ずる正義感の強い里見教授役は、宝塚ならガイチこと初風緑。

「池波正太郎的生活」＝「猫と散歩と買い物の日々」こそ大人にふさわしい生き方である

池波正太郎と女子供文化

猫を見ていると気持ちが和む。
散歩をしていると気持ちがいい。
バッグを衝動買いしたくなってしまった。
一人でご飯を食べていると「ほっ」とする。
楽しい映画が見たい。
お芝居も観たい。
絵も描いてみたい。

こういった日々を過ごせたら、どんなにいいだろう。

が、そうは思っても、

「お金が……」「時間が……」「家族が……」

これらのいずれかがネックとなって結局は果たせない、これが普通の女である。

が、「いや、この人がエッセイに綴っていたように日々を過ごせば、それは結構可能なのだ」、そう言えるエッセイストがいる。

果たしてその人の名は……池波正太郎。

そう、あの著名な時代小説家である。

昔気質の男の人が書いたものなのだから、女の私が読めば、むかついたり、鼻に付いたりするところは、もちろん多々在る。

しかし、それらの点を認めてなおかつ、「面白い、見習いたい」、と感じる文章もまた、少なくないのだ。

が、これは私の個人的印象なのだが、その高名さに比して、池波のエッセイ、特に「食」に関するエッセイ以外のものはそれほど広く読まれていないように思う。

だが、だからこそ、敢えて私は言いたい。

池波正太郎のエッセイを読んでみて、そして、池波にならった生活をしてみよう、と。

こう書けば、「おいおい、池波正太郎のどこが女子供文化なんだ？」といった声があるやもしれぬ。

が、女子供文化とは、民主主義社会としての日本が崩壊してしまえばきっと「差別される側」に分別されてしまうであろう人間が、「差別と戦争を許さない」という姿勢に基づいて作り出した文化である、とするならば、池波もまた、十分に「女子供文化の担い手の一人」だったと言えるのである。その傍証として、たとえばネットでの書き込みを挙げることが出来る。

605：名乗る程の者ではござらん：04/06/24 23:51 ID:XXXXXXX
糞作家だよ。少なくとも過大評価されている。
基本的にこの人、低学歴で、時代劇書くための教養がないんだよね。

とまあ、こういった調子で、主として「小卒」であることを理由に、池波をくさす書き込みは珍しくない、という現実があるのである。

池波記念館に展示された、小学校時代の「全甲」の通信簿を見るたびに、（二度も空襲で焼け出されたのに、その度にこの通知簿を持って逃げたなんて……お母さんにとっては、勉強の出来る息子のことが、本当に自慢だったんだなあ）、といった感慨にふけってしまうわけだが、こういった書き込みの主には、この心情はまるでわかるまい。が、なればこそ、「池波正太郎もまた、女子供文化の担い手の一人なのだ」、といった言い方が可能となるのである。

「大人気ない」池波正太郎

「池波的生活」とは、すなわち、

①散歩をしよう
②外食をしよう
③買い物をしよう
④映画鑑賞をしよう
⑤デパートへ行こう
⑥絵を描こう
⑦猫と遊ぼう

こういったことどもを、自分にとっての「楽しみ」として、すなわち、夫や子供や友人等のペースにあわせるのではなく、あくまでも自分のペースで楽しもう、ということである。つまり、これらの行為を「一人で」実行する点にこそ意味があるのである。

夜ふけの本郷通りは、商店も戸を閉ざし、灯火も淡く、初夏の頃になると延々たる銀杏の並木が、まさに鬱蒼とした感じで、アイスクリームなどをなめながら歩いていると、まるで北海道・札幌の北大構内にいるような気がすることもある。

（池波正太郎「九段から桜田門へ」／『続江戸古地図散歩』平凡社カラー新書）

自分のペースで飲み食いしながら自分のペースでそぞろ歩く。これが散歩の醍醐味である。そして更には、池波が訪れた店で飲食することもまた、池波ファンの楽しみの一つである。が、私が「池波的生活」の実践として「外食」を勧める理由はそれだけではない。

お茶を飲んだり昼飯を一人で食べたりするときに、店の人が自分の言動や態度をどう見るか、必ず何らかの反応が相手に表れるから、それを絶えず感じ取る、その訓練が勘をよくするし、気ばたらきをよくするんだよ。

（池波正太郎「リーダーの人間学——人はなぜ付き従うのか」／『新私の歳月』講談社文庫）

つまり、なぜ「一人で」「外食」なのかと言えば、「××社の○○さん」「△△ちゃんのお母さん」ではなく、単なる一個人として、他者から尊重される時間を持つことが大事、だからである。

「買い物をしよう」の一例はこうだ。

帰りに、フランスのグレナデン（石榴）のシロップを買う。私は外国製の食品をほとんど買わぬが、このグレナデンのシロップだけは、フランスのものが断然いい。（中略）アイスクリームが冷蔵庫に残っていたので、早速、グレナデンのシロップをかけて楽しむ。

（池波正太郎「昔日の俳優たち」／『池波正太郎の銀座日記［全］』新潮文庫）

もう、ほとんど「かつてのオリーブ少女」のノリである。あるいは、

終わって「和光」へ行き、店内をひやかすうち、何ともいえず使いよさそうなバッグを見かけ、衝動買いしてしまう。

有楽町のビルの地下にある「やぶ」の支店へ行き、ビールをのみながら、バッグの中味

を入れ替え、買ったばかりのをためしてみる。果たして使いよい。

（池波正太郎「フィルム・ノワール」／『池波正太郎の銀座日記［全］』新潮文庫）

もし私が池波の担当編集者で、打ち合わせ場所についた時、池波がこういったふるまいをしていたなら、「先生、そういったことは、家に帰ってからなさっては……」と、言ってしまったやもしれぬ。

「映画」についてのエッセイは、質・量共に、「食」についてのエッセイに匹敵するものがあるが、その中からもっとも印象的な一節をあげるとするならばこれである。

年寄りに見せる映画というのは、これは普通の人たちが観るのと同じものをどんどん見せればいいんだよ。気が若くなるからね、映画を観ると。映画というのは一種の若返り法ですよ。気分が若々しくなって、健康にもいいんだ。

（池波正太郎「何を観ようか迷ったときは」／『映画を見ると得をする』新潮文庫）

映画を見に行く習慣のない人は、俳優名や監督名になじみがないため、どれを見ればいいのか、なかなかに迷うようだが、池波の言うように、「普通の人たちに人気がある映画」を見ればいいのである。

デパートの食料品売り場や、食堂の陳列ケースの中の料理の見本と、その値段を何となく見てまわるのもおもしろい。

そこには、世の中の移り変わりが歴然と見てとれるからだ。

（池波正太郎「銀座界隈」／『散歩のとき何か食べたくなって』新潮文庫）

「そこには、世の中の移り変わりが歴然と見てとれるから」、だからデパ地下をウロウロするのだ、と池波は主張するわけだ。が、「TVチャンピオン／デパ地下グルメ女王決定戦」に出場した経験のある私としては、一連の池波のエッセイを読んでいるうちに、「先生、そんな理屈を無理におつけにならなくとも、素直に、『デパ地下は楽しい』とおっしゃってくださっていいんですよ（笑）」、と言いたい気分になってくる。

こういった池波の言動の本質が、もっとも如実に現れているのがこの一文である。

×月×日

前々から約束してしまっていたので、朝早く起き、痛風の痛みをこらえながらNHKへ行く。（中略）女性プロデューサーの阿部さんから、時計つきのペンシルをもらう。こういうものをもらうのは、ほんとうにたのしい。帰宅してからも、このペンシルで字を書いたり、絵を描いたりして遊ぶ。

（池波正太郎「痛風で銀座遠し」／『池波正太郎の銀座日記［全］』新潮文庫）

こういったふるまいをする人間のことを、日本語はこう表現する。

「大人気ない」

すなわち、「女子供」ならではのふるまい、というわけである。この時の池波の行動といい、そして、それをうれしげに文章にして発表していることといい、まさに「大人気ない」の極みである。が、一人の時間に、躊躇することなく、こういったふるまいが出来たからこそ、池波は、「立派な大人として」日々を送れたのだ、と私には思えるのである。

そして更に言うならば、今の日本の社会に生きる女が、「立派な大人としてふるまう」ために必要な「精神的な安定」を、男ほどには十分に得られずにいる理由とは、女は、「大人気ないふるまいをする自由」を、男ほどには手に入れることが出来ずにいるのだ、とも思えるのだ。

池波の内面を支えていたかつての恩師の言動の中に、こういったものがある。

或日、先生は、私を図画室へよび、出前のカレー・ライスを御馳走して下すったのに、びっくりしていると、

「君は、お父さんやお母さんと別れて暮らしているそうだね。何か、つらいことはないか？　何でもいいから、私に相談しなさい」

やさしく、そういって下すった。（中略）

立子山先生は、甥の長田さんに、こんなことをいったそうだ。

「人は、独りでコーヒー店へ行き、一杯のコーヒーをのむ時間を一日のうちにもたねばならない。どうでもいいようなことだけどね」

この言葉の意味は深い。


（池波正太郎「コーヒー」／『ル・パスタン』文春文庫）


「家庭内が不安定」等の状況にある男に向かって、こういった態度をしめしてくれる大人はそこそこいるのかもしれない。が、女に向かって、こんなことを言ってくれる大人の存在など皆無に等しい、それが今の日本の現実なのである。

なればこそ、女も池波にならって日々を過ごそう、こう私は主張したいのだ。

株券の名義書き替えのため、自転車に鞄をつけ丸の内の会社まわりをしていたころ、同じ株屋の店員だった井上留吉と共に、はじめて銀座の資生堂で、こんがりと焼けたトーストの上にローストビーフが乗っている「ホット・ローストビーフ・オン・トースト」を食べたときのおどろきは、いまもって忘れがたい。世の中に、こんなうまいものがあるとは知らなかった。たしか一円だったとおもう。当時の一円で映画の封切りが二回見られた。

（池波正太郎「四月鯛と浅蜊」／『味と映画の歳時記』新潮文庫）

ローストビーフサンドを食べるか、映画を二本見るか、どちらにするかは、もちろんあなたが決めればいい。

「子供の頃の記憶」と「夢」

精神科医の斎藤学氏は、「子供の頃のキラキラした記憶によって、自分の子供時代を肯定することが出来なければ、人は正気を保つことが出来ない」旨のことを語っている。

それは確かにそうなのだろうが、とはいうものの、「そう言われてもなあー」、というのが、初めてこの一文に接した時の、私の正直な気持ちだった。しかし。

最近、私は思うのだ。四〇歳も過ぎ、人生も半ばを過ぎると、「もしかして、やはり人間とは、ルサンチマンだけでは生きてはいけない生き物なのではないのか」、と。

では、そのことに気付いた時、人はどうすればいいのだろうか？

その答えの一つになりそうなエピソードが、池波の本には度々出てくる。

私が、ひとりで絵を描いているのを見て、T先生は苦笑しながらも、

「池波は、絵を描いているとき、ほんとうに、うれしそうだね」

「ハイ」

「将来は、絵描きにでもなるつもりかね？」

「……」

私は黙って笑っていた。

たしかに、そのころの私は、挿絵画家になって生きて行けたら、どんなにいいだろうと想っていたのだ。けれど、その夢が実現するはずもないと、子供ごころにもあきらめていた。何となれば、当時の、東京の下町に住む子供の大半は小学校を卒業すると、はたらきに出たもので、私とて、その例に洩れなかったからだ。

（池波正太郎「絵筆と共に」／『新私の歳月』講談社文庫）

池波のエッセイの中で、私が一番好きな箇所がここである。黙って笑っているしかなかった池波少年の胸中を思うと、何度読んでもやるせなくなるからだ。

池波的生活の中に、「絵を描いてみよう」という項目を入れたのは、こんな池波の生い立ちを知ったればこそ、である。

池波自身は、作家として名をなした後、（「作家としての虚名のおかげで」と自身は謙遜しているが、実際には、その絵自体が素晴らしかったために）自著の表紙や挿画を飾る事が多くなった。そして、六〇歳を過ぎてから、「子供時代の夢が思いがけなくかなうこととなった」ことの喜びを、しばしば書き綴っているのである。

いまの世の中に、たとえ、ひとりよがりにしろ、

『うれしい……』

とか、

『たのしい……』

とか、そうした感情がわきあがることは、めったにあるまい。

たとえ、あさましくとも、このよろこびは金を儲けたり、賄賂をもらったり、他人を陥れたりしてのものではない。

子供のように無邪気なよろこび、たのしみなのだ。

これが、

「健康によい……」

のだそうである。

「中年から絵を描くたのしみに浸ることは、非常に、健康のためによいことなんだ。ほんとうだよ。」

と、知人の医師が私にいった。


（池波正太郎「絵を描く楽しみ（下）」／『日曜日の万年筆』新潮文庫）


「池波的生活」をする、とはつまりこういうことなのだ。

池波にはまた、「猫」にまつわる文章、あるいは絵も少なくない。

夕飯後、ベッドで転寝をしていたら、足許で猫が鳴く。聞きなれぬ鳴き声だと思って見たら、一度も見たことがない三毛猫が二階の書斎までのこのこと入って来たのだ。捨て猫らしい。このように人懐かしげにされると、追い出す気にもなれぬ。

（山口正介・編「青春の哀歓『白夜』」／『池波正太郎の映画日記』講談社文庫）

私の場合、猫を飼ったことは一度もないのだが、しかし、今の私にとって、猫はもっとも身近な生き物である。なぜなら、家の近所である谷中周辺には、野良猫がたくさんいるからだ。猫を飼うことは能わない。けれども、こんな自分の気持ちをどうにかしたい。そう思うならば、池波の、出来ればより晩年のエッセイから読み始め、そして、今は亡き池波の生活にならった暮らし方を始めて欲しい、と思う。

ちなみに私個人としては、川口松太郎から池波正太郎への病気見舞いハガキにあった一文、『銀座日記』によると少し食べすぎのみすぎ見すぎという気がしました」（池波正太郎記念文庫に展示されていたハガキより・原文のママ）にならって、「食べすぎのみすぎ宝塚の見すぎという気がしました」と、忠告してもらえるような生活を、いずれはしてみたいものである。

――『ゆうゆう倶楽部』二〇〇二年秋号、『アディクションと家族』二〇〇二年七月号に加筆修正

池波正太郎のエッセイ&現代小説には「リリカル」な空気が満ちている

池波にきいてみたいこと

飼っている猫の名が「トント」だと知ったことが、「池波正太郎って、多分いい人だったんだろうなあ」、と思うきっかけだったのかもしれない。猫にトントと名付けるということは、多分、猫と老人によるロードムービー『ハリーとトント』のファンだったからだろうし、『ハリーとトント』のような地味な洋画のファンだったということは、これはもう「いい人」だったのだろうと思って当然、ということなのである。

そんな池波が、もしもまだ存命だったなら、是非きいてみたいことがある。すなわち、「『バトル・ロワイアル』をどう思いますか?」、と。

チャンバラというのは、

『人殺しの現場を見せる……』

ものじゃないんだ、本来。そんなものを見せつけられて喜ぶ人がいますか。

（池波正太郎「見方によってもっと面白くなる」／『映画を見ると得をする』新潮文庫）


もしも今時の大衆娯楽の受け手&作り手が、池波のこの一文を読めば、

「この人、何言ってるの？　映画の観客や漫画の読者が『人殺しの現場』を見たがるのは当り前じゃん？　『人殺しの現場』が見たいからこそ、皆お金を払ってるんでしょう？」

おそらく、こういった返事を返すだろう、と思われる。そう、今の日本の観客は、「人殺しの現場」が見たくて見たくてしょうがないのである。

漫画の世界では、そんな「事実」についてを、作り手の側がちゃんとクールに分析した上でギャグ漫画に仕上げてみせた、という事例がある。『サルでも描けるまんが教室』（相原コージ・竹熊健太郎／小学館）である。

「ジャンル／戦争まんが、テーマ／平和、興味の中心／メカ・人殺し」

大ヒットまんがを描くにあたりまして、〈テーマ〉とは、必要欠くべからざるものであります。だいたいにおいて面白い物語というものは、カッチョいいヒーローやメカが悪い奴を毎回大量に殺戮したり、ピチピチギャルの全裸感を強調したり、または他人の不幸を楽しんだりするのがその本質であることは言うまでもないことですが、それだけでは色々と問題が生じるおそれがあります。

（中略）

そこで〈テーマ〉の出番となる訳です。〈テーマ〉を最後にふりかけますと、これは如何に!! 虫も殺さぬ健康的でお母様も安心する作品になるから不思議なもの。

（中略）

「わかったか。テーマなんてのはただいいわけとして必要なだけだ、そんなもんあとでとってつければいい。」

（相原コージ・竹熊健太郎／『サルでも描けるまんが教室　2』小学館）

作り手の側や彼らを支持する側の人間が、「僕たち、中学生が殺し合いをするシーンが作りたいんです！」「見たいんです！」という本音を堂々と認めていたなら、少なくとも私の場合は、『バトル・ロワイアル』という映画の存在自体を、あそこまで不快には思わなかったはずである。

「テーマは理不尽な状況に陥った若者が友情で大人に勝利する、という点なんです！（ボク達には、『中学生が殺し合いをするシーンが作りたい！、見てみたい！』なんていう気持ちはこれっぽっちもありません！）」

こんな小賢しい理屈を彼らがこねたからこそ、

「じゃかあしいっ!!　人殺しの現場が見たいなら見たいと言えーッ！！！！」

という気分を抑えきれなくなったのである。

が、たとえこういった「小賢しさ」を見せられなかったとしても、おそらく池波は『バトル・ロワイアル』を受け入れなかったのではないか、と私には思える。たとえば池波は、『エイリアン』の試写を見た際、次のような一文を書いているからである。

脚本もよく、完璧な美術と撮影、スタッフのすべてが大人の仕事をしており、つぎつぎに乗組員がエイリアンに殺されるシーンでも、ほとんど血を見せずに凄まじい迫力を生む。バカの一つおぼえのように血をながしてよろこんでいる日本の一部の外道監督とはくらべものにならない。

（山口正介・編「最後のジョン・ウェイン」／『池波正太郎の映画日記』講談社文庫）

「外道」とまで言い切るのだから、その語気は、井筒監督よりも厳しい。なればこそ私は、「果たして池波は、『バトル・ロワイアル』のことをどう評したろうか」と、思わずにはいられないのである。

マニアな池波正太郎

私が池波に対して、勝手に親近感を覚えてしまう理由の一つに、その「マニアぶり」がある。

いま、新宿の仮設劇場で評判の「キャッツ」のレコード（ロンドン上演のとブロードウェイ上演の二種）を買ってから地下鉄で浅草へ向かう。

（池波正太郎「某月某日（B）」／『食卓のつぶやき』朝日文芸文庫）

マニアである。ミュージカル好きとして、その気持はとてもよくわかる。が、世の中には、「おんなじ曲しか入ってないのに、二枚も買ってどうするの？」と思う人間の方が多いのだ。ゆえに、マニアの気持がわかる人の方が少なく、結果、池波にシンパシイを感じる、という意味での池波信者も、実は少ないのだ、ということになる。

食べ物の趣味（だけ）が同じで、何が池波信者か。

芝居と映画を好まない輩に、池波を語る資格はない。

いや、資格というよりも、そもそも「能力」自体がないのだ。

たとえば、映画好きとしての池波のルーツは、次のようなものである。


少年のころは、かように日本映画ばかりであったが。洋画を見た古い記憶は、母につれて行ってもらったランク・ボザーギ監督の『第七天国』であった。

（池波正太郎「映画を楽しんだ４０年」／『私の歳月』講談社文庫）


『第七天国』は、超甘々のラブロマンスである。二〇〇三年にテレビで放送された際に、私もはじめて見たのだが、ヅカファン歴三〇年の私であっても、「うーん、確かに素敵だけど、今じゃあ宝塚でも、こんなに超甘々のラブストーリーをやるのは無理だな」、と思ったものである。

が、池波は、この映画が自身の「映画好き」の原点となった一本であることをかくさず、その魅力について何度も言及するのである。

それを思えば、海軍に入隊する際、『マリウス』と『ファニー』を携えたことにも十分納得が出来る。私の世代のヅカファンならば、「大地真央の初主演作」として記憶している『マリウス』もまた、かなりリリカルなラブストーリーだからである。

つまりは、とてもマニアックでリリカルなロマンチスト、これこそ、私が読み解いた池波正太郎像なのである。

そんな池波は、当然「戦争」に対していい感情を抱いていない。たとえば、ベトナム反戦をモチーフにした『ヘアー』については、次のように述べている。

「いまさら、ヘアーでもあるまい」

と、いう人もいるそうだが、そんなことをいっているうちにも、世界の暗雲はきえるどころか。さらに濃度を増して来つつある。

（中略）

人間の一生とは、人と人、男と女が愛し合うこと。それがスムーズにおこなわれる世の中になること。煮つめれば、その一事につきる。それだけのことが、どうして出来ないのか。何故、愚かな戦争をつづけるのか……と、訴えかける、このミュージカルの精神は、いささかも色褪せていない。

（山口正介・編「人間の愛を訴える『ヘアー』」／『池波正太郎の映画日記』／講談社文庫）

『ディア・ハンター』の主役グループの中では一番好みだったジョン・サベージが主演していたこと、更には、一番好きな宝塚スター瀬戸内美八が『ヘアー』の中の曲「アクエリアス」「レット・ザ・サンシャイン」を持ち歌にしていたことから、公開当時高一だった私も、いそいそと映画館に向かった。が、その真摯なメッセージは、真摯過ぎるがゆえに、たしかに「いまさら……」と思え、素直に口にするのははばかられた。そのため、「結構、面白かったよ」程度の言い方ですすめてみた映画友達に、「最後があんなに悲しいなんて言わへんかったやんか!!（お気楽なミュージカルのつもりで見てたのに）ひどいわ!!」と責められたりもした覚えがある。彼女とは当時クラスが違っており、唯一合同で授業を受ける体育の時間につかまって、文句だの映画の感想だのを言われたため、（おいおい、バレーボールしてる最中に、そんなヘビーな話題を出すなよ）、と思ったものである。

が、今にして思えば、ラストの直前まで、「お気楽なミュージカル」のノリで観客をひきつけた『ヘアー』こそ、ベトナム反戦映画の嚆矢だったと言えるのであり、それこそ、女子供文化の真骨頂だと言えるのである。

なればこそ、池波も、『地獄の黙示録』や『ディア・ハンター』や『帰郷』以上に、『ヘアー』を絶賛したのではないか、と思えるのだ。

そんな池波が、現在の日本を見たら、果たしてどんな感想を抱いたろうか。

『新・銀座日記』のラスト

若い頃から晩年まで、池波によって書かれた大量のエッセイを読んでいて感じることは、池波のエッセイから段々と角が取れていっている、ということである。

そして、その死の二ヶ月前まで連載が続けられていたエッセイ、それが、『新・銀座日記』である。

その死によって、図らずも最終回となった『新・銀座日記』のラストの一文は暗い。

まるで『ジョニーは戦場へ行った』のラストシーン並みに暗い。

『ジュリア』のラストを彷彿とさせる、と言ってもいい。

『風が吹くとき』のラストに流れる空気にも似ている。

とまあ、映画好きならば様々な感慨が浮かんでくる『新・銀座日記』の最後の一文、これを書くためにこの人は生き続け、そして食べ続けてきたのではないか、とさえ思える。これは狙って書ける一文ではない。

だが、しかし、もしかしたら……やはり、狙っていたのかもしれない。

ま、仕方がない。こんなところが順当なのだろう。ベッドに入り、いま、いちばん食べたいものを考える。考えてもおもいうかばない。

（池波正太郎『池波正太郎の銀座日記［全］』新潮文庫）

「これを絶筆とするために、食べ続けるのだ」

やはりこう考えていたのではないのか、そんな風に思わせる作家の「業」が、最後の二行にはあふれている。

池波の死を「早すぎた」と残念がる人は多い。ひさびさの現代小説をはじめとして、いくつもの作品の準備をしていたことを思えば、本人にとっても心残りは多かったろう。

が、『バトル・ロワイアル』をもてはやす人が少なくなく、大多数の日本人が自衛隊の海外派兵に反対の意思をしめすことなく、なし崩し的に憲法が改悪されようとしている、そんな日本の現状を思えば、「小学校を出てすぐに働いたり、戦争に取られたり、といった苦労をしてきたんだから、最後にイヤなものを見ずにすんでよかったのかも……」、という思いもわいてくるのである。

おわりに／ありがとう、小泉純一郎

この本の原稿のうちの少なからぬ部分は、発表するあてのないまま、数年前から書き溜めていたものである。なぜこんなことをしているのか、こんなことをしていてなんになるのか、と思った時には、次の一文を思い出すようにしていた。


「直木賞取ってから六年間ぐらいは、そんなに仕事が来ないんだよ、あの当時はね。

（中略）

たとえば、そのころにどんなことをしていたかというと、日劇のレビューなんか観に行ってね。プロローグからフィナーレまでの情景を全部描写するんですよ、文章で、帰って来てから。むろん、こんなものは発表できない。だから金にもなりません。自分のためだから、それでいいわけだよ。

（中略）
そういうようにして鍛えて行かなきゃ駄目だ。自分の文章をね。そうでもしないと、自分の思うがままに動いてくれない、文章が。」
（池波正太郎「古いものは一切顧みない日本人」／『フランス映画旅行』新潮文庫）

そうなのだ、池波の日劇レビュー、映画に該当するのが、私にとっての「宝塚」だったのである。直木賞にはまるで縁がない私だが、タカ派な世の中になってくれたおかげで、書き溜めていた文章のいくつかを、こうして出版することが可能になった、というわけである。

そこで、この日本をタカ派な社会にしてくれた人達に対して、「ありがとう、でももうひっこんでくれていいからね」、と言いたい。なぜなら、私は「戦争」を欲してはいないからである。

が、おちぶれた二流国はそれなりにいいことがある。もうミエを張ることもないのだ。どんなことがあっても、戦争は嫌だと逃げることが出来るのだと私は思う。
（林真理子「階段と戦争」／『紅一点主義』文藝春秋）

林真理子自身は小泉純一郎の大ファンらしいため、こういった引用のされ方をしたと知れば不快に思うかもしれない。が、この一文を読むことによって、小泉内閣のやつらはどうしてあんなに戦争をしたがるのか、自衛隊を派兵したがったのかが、とてもよくわかるのである。

要するに、「見栄を張りたい」のである。

「日本ってやっぱりすごいなあ」、ひいては、「その日本を支配しているなんてすごいなあ」、そう言われたいだけなのである。たかがそれだけの、下らない夢を実現させるために、「人を殺したり、殺されたり」を命令したがっているのである。

いわんや、そんな小泉達を支持し、「憲法改正&自衛隊派兵賛成!」を叫んでいる輩をや。ああいったやつらは、いざ戦争によって自分達が「死ぬだろう」という状況になったなら、「やだやだ、ボク、死にたくない!」と泣きわめくに決まっている。そんな連中が、(けど、昔と違って今の日本なら戦争に負けるわけがない!)という思い込みに基づいて、「だから憲法改正&自衛隊派兵賛成!」と叫んでいる現実には呆れ果てるばかりであり、だからこそ私は、こう言わざるを得ないのである。

「ありがとう小泉純一郎、そしてさようなら」

荷宮和子

著者について

荷宮和子（にみや・かずこ）

一九六三年神戸市生まれ。女子供文化評論家。マーケッターとして女子中・高生の動向を洋服、雑貨を通して追いつつ、漫画、宝塚、キャラクターなどに関するコラムを新聞、雑誌などに執筆。著書に、『クマの時代』（光文社）、『少女マンガの愛のゆくえ』『手塚漫画のこころよさ』（以上、光栄）、『ホントの宝塚がわかる本』『宝塚・スターの花園』（以上、廣済堂出版）、『若者はなぜ怒らなくなったのか』『声に出して読めないネット掲示板』（以上、中公新書ラクレ）などがある。

バリバリのハト派《は》——女子《おんなこ》供《ども》カルチャー反戦論《はんせんろん》
二〇〇四年一〇月二〇日初版
著者　荷宮和子
発行者　株式会社晶文社
東京都千代田区外神田二-一-一二
電話東京三二五五局四五〇一（代表）・四五〇三（編集）
URL http://www.shobunsha.co.jp
堀内印刷・三高堂製本